『泣かないでくれ……アリョーシャ。情けないが、今の俺では
お前を抱きしめられない』　　　　　　　　　　（本文より）

BBN
B●BOY NOVELS

銀嶺のヴォールク

北ミチノ
イラスト／二駒レイム

この物語はフィクションであり、実際の人物・団体・事件等とは、一切関係ありません。

CONTENTS

銀嶺のヴォールク――7
黄金《きん》の春の息吹き――165
あとがき――246

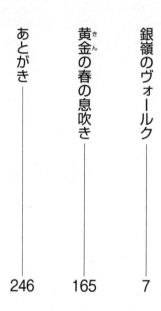

銀嶺のヴォールク

軍靴の足音すら凍りついてしまいそうな夜だった。

煉瓦《れんが》造りの堅牢な軍舎、それを有する駐屯地の周囲に広がる平原は、十月にして早くも一面の雪に覆われていた。漆黒の空に浮かぶ鋭い三日月のみが、鉄格子の嵌まった窓を冷え冷えと透かしている。

建物の中の立ち入りを制限された区域、その狭い通路に厳《いか》めしい靴音を反響させながら、アレクセイは、先導する副官に向かって問いかけた。

「して、その狼が……人狼であるというのは確かなのか」

「はい」

副官のヤーコフが答える。

「通常のオスよりもひと回り大きい体格に、黄金にも似た琥珀色《こはくいろ》の瞳からすれば、まず間違いはありません。それに自分は、奴が上半身だけをヒト化させて谷川に乗り出し、水を飲む姿を目撃しました」

想像だけでも驚くべき光景に、アレクセイは口許をぐっと引き結んだ。臆するな、と己に言い聞かせて動揺を表に出さず、告げられた内容を反芻《はんすう》する。

人狼――ヒトにも狼にも変容できる存在。家畜や人間を襲う、凶暴な半獣。

しかしそういったものは、伝説かお伽噺《とぎばなし》の中にしか存在しないと思っていた。当然だ、獣と人間が融合した生き物など実在するわけがない。だがそれが、この軍舎内にいるというのだ。地下に設《しつら》えた、冷たい石牢の中に。

にわかには信じ難《がた》い事実を確認するため、アレクセイは紫の瞳で睨むように前方だけを見つめて歩を進めて行く。着任して早々の難事ではあるが、これもまた、軍を束ねる指揮官としての任務のひとつには違いないだろう。

アレクセイ・ヴァレーリエヴィチ・ザハロフ。

秀麗な眉目に際立つ紫眼、氷片を思わせる切れ上がった眦《まなじり》。肩で切り揃えられた癖のない金髪が、長靴の歩を進めるたびに月光を撥《は》ね返して揺れる。黒に近い濃紺の軍服、その襟についた銀の階級章は、中佐。

二十五歳という年齢からすれば破格の高位だが、貴族ザハロフ家の血を引く生まれ育ちと、端麗な美貌を裏切る勇壮さゆえに、若くして将校位を拝命している。複数の勲章を佩《はい》した左胸でひと際輝いているのは、帝国の紋章と初代皇帝の頭文字を刻印した記章――特に優れた軍功を上げた者にしか授《さず》けられないそれだ。

ここセーヴィルイ帝国は、大陸の北東に位置する軍事大国だ。世界最大を誇る領地の四方には東西南北の名を冠した地方軍が置かれ、広大な各地域をそれぞれが統括している。

内陸部にある首都から北に二千キロ、北方軍が駐屯しているシトゥカトゥールカは、〈石膏〉

という意味を持つその名のとおり、冬になれば一面の雪と氷に押し固められてしまうほど厳しい環境にある町だ。

だがここは国内最大の製鉄所を有し、隣国ヴニク連邦と接する古くからの軍事的要所でもある。国境に沿ってそびえ立つザリャスヴェートルイ山脈を越えてやって来る密入国者や違法な行商人は数多く、また、山脈の裾野に広がる深い森には、そこを根城にする野蛮な山賊もいる。そういった者たちから帝国を守るために、寒冷地ながら大連隊が配置されているのだ。

北方軍ではその設立当時から、馬や犬の他に、軍用獣として狼《ヴォールク》を使役《しえき》している。雪深く険しい山岳に囲まれたこの地方を護《まも》るために、また、熊などの大型の害獣を駆除するために、狼たちは欠かせない存在なのだ。そしてその中には——何頭かの人狼もいる。高い能力を有する人狼を狼部隊の長に据えれば、人と狼の連携がより緊密になるからだ。しかしこのことは、将校以上のごく限られた人間しか知らない。

宮殿を警護する近衛師団から北方軍へと赴任する際にその話を聞かされ、アレクセイもさすがに驚愕した。シトゥカトゥールカは狼が数多く生息する地域で人狼伝説にもこと欠かないが、それでもすんなりとは信じ難かった。

だが着任早々、その人狼を捕らえたという報告を持ってきたのは、副官のヤーコフだった。森を巡回中に発見し、捕縛《ほばく》したのだと言う。彼が指揮した捕り物だったからか、声が興奮でかすかに上擦《うわず》っていた。

冷え切った廊下を先導しながら、ヤーコフは言う。

「奴を捕獲する際、下級兵士が一名負傷しました」

「怪我のほどは？」

「肩の肉を食いちぎられましたが、命に別状はありません」

「それは幸いだった」

深く安堵《あんど》し、アレクセイは続ける。

「快復したら、しばらくは書類部か通信部に異動させるように。本人の希望を聞いてやれ」

「はっ」

建物の最深部にある地下牢、そこへ続く石の階段を下りていく。一歩ごとに、じりじりと体感気温が下がっていくのが分かった。後に続く従者のニコライが「足許にお気をつけくださいませ」と背後からランプで照らしてくれる。

通路の角に立っていた警備兵が、アレクセイの姿を見とめて敬礼する。この先は独房が連なる区域だが、今は、人間は誰も収監されていない。

「奥です」

ヤーコフが行く手を指し、そっと囁く。

「目をじっと見ないでください。狼は、目を合わせることが闘いの合図になります。奴はただでさえ気が立っていますから、危険です」

アレクセイは無言でうなずいた。言われるまでもなく、突き当たりの牢からただならぬ鋭気が発せられているのを感じていたからだ。それはぴりぴりと、寒さよりも鋭く肌を突き刺してくる。

息を詰め、軍靴の足を踏み出す。通路に面した頑丈な鉄格子の前に立つと、その瞬間、身を穿《うが》つほどの咆哮《ほうこう》が響き渡った。

すでに気配を察知していたのか、白銀の獣はこちらに対峙《たいじ》し、鋭い牙を剝き出して吼えかかってきた。体高一メートルほどもある巨軀に備えた四肢で石床を踏みしめ、太い尾と全身の毛を逆立たせ、燃え盛る黄金の瞳でアレクセイを真正面から射貫《いぬ》いてくる。

「……!」

思わず息を詰め、アレクセイは紫眼を見張った。目を見るなと言われてはいたが、一度それを目にしてしまったら、もう逸《そ》らせるものではなかった。見る者を焼き尽くすような瞳。炯々《けいけい》たる瞳孔は怒りに燃え、烈火となって迸《ほとばし》らんばかりだ。

巨狼は唸《うな》り声で空気を震わせ、身を低めて威嚇《いかく》の姿勢を見せつけてくる。後肢を壁に繫いでいる鉄鎖が、ちぎれんばかりにぎりぎりと張り詰める。

穏やかな気性のニコライが傍《かたわ》らで「ひっ」と息を吞んだ。多数の軍勢も怯むだろうその迫力に、アレクセイの肌も総毛立つ。白銀の体毛のあちこちについた血のせいで、凄みがいっそう強調されている。

しかし怯んでばかりもいられない。下腹に改めて気合いを込め、アレクセイは、相手の吼え声が途切れたところで口を開く。

「わたしはアレクセイ・ヴァレーリエヴィチ・ザハロフ。階級は中佐だ。ここ北方軍に所属する狼部隊の指揮官でもある」

視線を逸らさず、狼は黄金色の眼でこちらを睨《にら》みつけてくる。

「われわれは、貴公のような人狼の力を借り、この山岳地方を警護している。手荒い方法で連れてきたことは重々承知しているが、どうか気を鎮めて欲しい」

返答はなかった。燃え盛る瞳は、アレクセイを射貫いてまったく引く気配を見せない。

「白銀の毛並みと勇壮なる体軀、実に見事だ。人間に対して臆さない胆力も素晴らしい。貴公のような味方がいれば、戦場でもさぞ心強かろう。早々に訊《き》くが、どうだ、ヒトであり狼でもあるその身柄を、われわれのもとに預けてみないか」

歯を剝き出し、ウゥゥ、と低く唸り続ける狼相手に、アレクセイは礼儀正しく言葉を継いでいく。

「寝食は保証する。今年は冷夏だったせいで獲物が少ないと森林調査班から報告を受けているから、森の中よりも危険なく平穏に過ごせるぞ。人間の兵士同様、不当な扱いもしないと約束する。貴公の働き次第では、狼部隊の中でもすぐに最上位につくことが――」

と、狼の輪郭《りんかく》がぶれた。瞳の様相がわずかながら変化し、アレクセイの眼前に勢いよくせり上がってくる。体前についていた四肢のかたちが変わり、みるみる後退していく毛並みから、張りのある人間の皮膚が現れ出る。

「――ッ……！」

思い切り目を見張り、アレクセイはその場に立ち尽くした。

鉄格子越しに出現したのは、見上げるほどの大男だった。琥珀色の瞳、襟足の長い白金の髪、隆々たる肉厚の体軀。浅黒い肩も腕も筋肉で盛り上がり、まるで百兵を退ける軍神のごとき勇猛さだ。

驚異的な変容に胸底が震えた。間違いない、人狼だ。生きた伝説を目の前にし、肌が容赦なく粟立《あわだ》つ。

人狼は、獣の姿では対等に話ができないと思ったらしく、五本の指で鉄格子を摑むと、怒気を漲《みなぎ》らせた目で真正面から挑みかかってくる。

「貴様がどれほど偉いか知らないが、我が子を傷つけ、もののように連れ去った奴らの親玉になど、従ってたまるか」

「……我が子？」

アレクセイが瞬きすると、人狼は「とぼけるな」とますます憤《いきどお》りを強める。

「そこにいる男に指示したのはお前だろう。子を人質にして俺を従わせようとしたのは」

鋭い犬歯を剝き出しにした人狼曰《いわ》く、ヤーコフが鉄罠に嵌まった仔狼を取り上げてソリで引き回し、網で簀《す》巻《ま》きにして捕らえた人狼の目の前で木に吊して、銃剣の先で思うさまいたぶり倒して見せたという。そして、子をこれ以上傷つけられたくなければ、おとなしくこちらに従えと——

「子の命が惜しいなら何も言わず軍に入れともその男は言ったが、信用などできるものか。身勝手で卑劣な人間どもめ。獣だとこちらを侮《あなど》り、いいように弄《もてあそ》ぶ気だろう。お前たちと馴れ合うつもりなど、毛頭ないぞ」

人狼はヒト姿になってもますます吼え盛り、破らんばかりに鉄格子を揺さぶる。

「子を返せ。さもなくば、全員八つ裂きにしてやる。こんな鎖も檻も、手脚が使えれば破るのは容易《たやす》いぞ」

予想外の発言にうろたえるが、人狼の目を見れば、とても嘘や出任せとは思えなかった。受けていた報告とはまったく違う訴えを聞き、アレクセイは副官を睨みつける。

「け……獣の言うことなど、自分には分かりかねますな」

涼しい顔でそう述べたヤーコフだったが、目は明らかに落ち着きをなくしていた。鋭い紫眼の険を強め、アレクセイは副官を叱責する。

「ヤーコフ、虚偽の報告など聞きたくはない。すべて包み隠さず話せ」

鞭《むち》のような声で打たれたヤーコフは、言い逃れの余地はないと思ったのか、つっかえつっかえ説明し始めた。概《おおむ》ねは、人狼の言《げん》の繰り返しだった。

「ヒト化して谷川の水を飲んでいたところを見たのは本当です。二日前のことでした。両手で水をすくい、それを仔狼に飲ませていて……」

「その子を利用し、捕まえる機会を狙っていたのだな。新しく赴任してきた上官に、いち早く手柄を見せようとでもしたのか」

「いえ、決してそのような浅ましいことは……」

薄汚い真似を、ときついまなざしで反論を封じ、アレクセイは迸る怒りのまま言い放った。

「その仔狼をここに連れて来い」

人質としたのだから、よもや殺してはいまい。ヤーコフは慌てて踵《きびす》を返し、やゃして、粗末な木箱を抱えて戻って来た。それを見た人狼が、足鎖を鳴らして鉄格子を摑む。

中を覗《のぞ》くと、まだ仔犬ほどの大きさの狼が、ぐったりとまぶたを閉じて横たわっていた。右の前肢が裂け、ろくな手当てもされないまま血まみれになっている。骨は折れていないらしいが、傷は深いようだった。

人狼は盛んに唸り声を上げ、煉瓦壁を圧するほどの強い力で鉄格子を揺さぶる。アレクセイは小さな身体をそっと抱き上げ、差し出し口から中に入れてやった。人狼はすかさず狼姿になって我が子を懐《ふところ》にかき抱き、顔と傷口を舐めて身柄を癒し始める。

クゥン、と仔狼が鳴いた。うっすらとまぶたを開け、『とうちゃん』とよろめく片脚だけで親にすがりつこうとする。

その様子をアレクセイも、固唾《かたず》を呑んで見守った。仕草は弱々しかったが、瀕死の状態ではなさそうだ。

人狼は冷え切った子の身体に幾度も鼻面を擦りつけ、太い尾も使ってすっぽりと囲い込む。きゅうきゅうと鳴き声をこぼす小さな頭が、安心したように厚い毛並みの中に埋もれていく。

固く抱き合った親子の傍らで、アレクセイもまた深く安堵の息をこぼした。そうしながらもすぐさま、軍服の肩に羽織った外套の裾を払って、冷たい石床に跪《ひざまず》く。それを見たニコライが、ぎょっと目を剝いた。

軍人がやすやすと膝をつくなど、高位将校であればあるほどあり得ないことだった。しかしアレクセイはできうる限り低く腰を落とし、人狼に向かってその半身を折る。

「部下の非道さは許されるものではないが、このとおり非礼を詫びる。悪辣《あくらつ》な手段でもって子を思う親の気持ちに付け込むなど、人心を持つ者であればしてはならないことだ」

人狼が受けた苦悶と屈辱、その何千分の一かを刻むように、心臓にきつく拳《こぶし》を当てる。紫眼を琥珀の眼に合わせ、心からの謝罪を述べる。

「われわれは、人の道義を犯してまで人狼を仲間にしようとは思わない。もちろん、その意志がないのに入隊を強制もしない。子供の傷が癒えたのち、森に帰るがいい。だからどうか……どうか許してくれ。部下の不徳義は、このわたしが始末をつける」

人狼は子を抱いたまま、一句一句に聞き入るようにじっとこちらを凝視していた。アレクセイは今一度相手と目を合わせてから裾を払って立ち上がり、そして言った。

「ヤーコフ」

人狼に話しかけていた時とは一変し、骨の髄まで凍りつかせる声で呼ばれた副官が、すかさず姿勢を正す。

「事と次第は懲罰房で聞く。今回のことだけではないぞ。今まで貴様が陰でやってきた、軍用品の横流しの件についてもな」

ぎくりと表情を強張らせる副官を、アレクセイはさらに厳しい目つきで睨み据える。

「わたしの目をごまかせるとでも思ったか？　在庫の偽装も、帳簿の書き換えも、立場を利用して上手くやったつもりだろうが、すべてお見通しだぞ。仲介をした不法な仲買人も、国外で売買の話をつけた悪徳商人も、全員先に押さえてある」

嘆かわしいことだが、各地方軍内で横行する不正行為はあとを絶たない。着任に当たってそれを一掃してやると、来る前からひそかに調査を進めていたのだ。ヤーコフが青ざめる間もなく、アレクセイは断じた。

「けだものにも劣る卑劣漢め。覚悟しておけ。今まで貴様が敵に施してきた尋問を、今度はお前の身に加えてくれよう。話は終わりだ、連れて行け！」

命じると、見張りの兵士が喚《わめ》くヤーコフの両脇を押さえて連行する。卑《いや》しむべき部下に何の未練もなく背を向け、アレクセイは急ぎ言った。

「ニコライ、ここに獣医を呼べ。狼舎番にも事情を話し、寝床になる藁《わら》を持って来させろ。水と食糧もだ」

「はいっ」

素早く踵を返したニコライがいなくなり、鉄格子越しに人狼と二人きりになる。アレクセイは相手に改めて向き直り、恭《うやうや》しく伝えた。

「冷たい獄舎で申し訳ないが、ここでしばらく療養していって欲しい。人が来ず目立たない場所の方がいいだろうからな。その足鎖もすぐに外そう。薬や食べ物の他、必要なものはあるか？」

『……いや』

獣姿の人狼は答えた。尾や耳はまだ警戒に尖っているが、目つきは幾分穏やかになっている。戻って来たニコライに次いで、獣医と狼舎番もやって来た。獣医が傷口の具合を見ている傍らで、狼舎番が手早く乾燥した藁を敷いていく。

「夜半にいきなり手間をかけさせたな。言うまでもないが、すべては内密に頼む」

「承知いたしました」

ご苦労だった、と彼らをねぎらい、通路の角まで見送る。人狼はそんなアレクセイを、前肢に包帯を巻いてもらった仔狼を抱きかかえながら、引き続きじっと見つめていた。

「我々もそろそろ引き上げる。本当にすまないことをした。どうか、気兼ねなく養生してくれ。傷が治ったら、森のそばまで連れて行ってやろう」

ゆっくり休め、と言い置き、アレクセイはニコライを従えて踵を返した。大したひと幕だったが、人狼にとってはなおさらだろう。——と、引き留められた気がして、振り返る。

「何だ。何か用事があるか」

人狼は、琥珀色の瞳でアレクセイを見上げて問うた。

『もう一度、お前の名前を聞いてもいいか』

「アレクセイ・ヴァレーリエヴィチ・ザハロフだ」

告げられた名を、人狼が反芻する。

『アレクセイ……しばらく世話になる』

存外に温かみのある瞳をして彼はつぶやいた。アレクセイは胸許に手を当てて返事に代え、そしてこの場を辞した。

狼の視線が背を追いかけてくる。通路の角を曲がってからも、それはいつまでも背中に強く残るようだった。

北方軍の広大な駐屯地、そこに建つ煉瓦造りの司令部の二階に、アレクセイの執務室はある。

早朝訓練を終えて戻ってみると、卓上には報告書や書類の数々が積み上がっていた。それらひとつひとつに隈《くま》なく目を通し、流麗な筆跡でサインをしたためていく。

「……あの人狼、また来ていますね」

傍らに控えているニコライが、卓上湯沸かし器《サモワール》で淹れた紅茶を差し出しついでにつぶやいた。

アレクセイは羽根ペンを持つ手を止め、ほんのわずかに眉を寄せて背後の窓を窺《うかが》う。

軍の敷地を取り囲む鉄柵、そのすぐ向こうに……いるのだ。白銀の毛並みを持つ狼が、今日も。

もちろん、例の一件ののちに解放してやった人狼父子だ。

仔狼は幼いとはいえ野生の獣、回復は思ったよりも早く、あのあと一週間もしないうちに自力で立って歩けるまでになった。その報告を受け、頃合いだと見たアレクセイは、親狼とも話をして出立の日取りを決めた。

荷馬車を出すかと聞いたら断られたので、夜明け前、人目につかない官舎の裏手にある柵を一部外して、見送りの場所とした。白い平原の向こうに広がるのは、針葉樹の深い森だ。

「達者で暮らせ」

アレクセイはそう言って、二頭を送り出してやった。人狼は、久しぶりの外気に触れてはしゃぐ仔狼と共にすぐ外へ駆けて行くかと思ったが、何かもの言いたげなまなざしでアレクセイの足許を巡る。しかしやがて、子と一緒に雪原へと一歩を踏み出して行った。

アレクセイは身を正し、踵《かかと》を鳴らして最敬礼を取った。付き添ってくれたニコライもそれに倣《なら》う。

薄明の気配を滲《にじ》ませた空の下を、美しい銀狼が振り返り振り返りしながら森の中へと消えていく。アレクセイはその姿を、まぶたを細めいつまでも見送っていた。

それが数日前のこと。静かな別れを交わしてこの一件にはけりがついたと思っていたのに、件《くだん》の人狼が三日にあげず駐屯地へと通って来るなど、まったく、予想外の事態だ。

人狼は何をするでもなく、子と共に柵越しに敷地の周りをうろうろしてみせる。見回りの兵士が追い払えばいなくなるのだが、またすぐに戻って来ては雪の上にちょこなんと前肢を揃え、太い尾を振りながら一心に司令部の建物を見上げてくる。アレクセイが日中を過ごす執務室の場所も、どういうわけだかとっくに把握しているようだ。

「狼は犬の祖先ですからね。一度でも恩を受ければ、決してそれを忘れないのでしょうね」

ニコライがレースのカーテンを閉めつつほほ笑ましそうにつぶやく横で、アレクセイはこっそり渋面を作った。野生の身に敬意を払い、せっかく森に帰してやったというのに、あの人狼は一体何を考えているのか。

「閣下、そろそろお時間でございます」

「ああ、今出よう」

紅茶のカップを置き、アレクセイは立ち上がる。教練場の巡察のためだ。

裾長の防寒外套を羽織って表に出、実弾を用いて教練に励む兵士らの姿を見学する。場内に建てた小屋を敵陣と見立てて攻め入る実戦訓練だ。

雪中で待機している班の兵士の一人を見、アレクセイは厳しく咎める。

「剣帯が緩んでいるぞ。装具を適当に扱うことはまかりならん」

「はっ」

まだ若い兵士が、慌てて緩みを直す。たどたどしいその手つきからすれば、入隊したての新兵だろう。軍人としての自覚を叩き込むべく、アレクセイはあえて厳しく言ってやった。

「ここが戦場なら、とっくに命を無駄にしているぞ。真に強い兵士になりたいのならば、日頃の心がけから徹底することだ」

他に怠けた態度でいる者がいないか、紫眼で棘刺《とげさ》すように周囲を見回す。自分がここに着任したからには、たるんだ真似は一切させない。規律の乱れは戦場での油断、すなわち、たったひとつしかない命を失うことに繋がるからだ。

ニコライと共に教練場を順繰りに歩き、雪を掘った塹壕《ざんごう》に潜《ひそ》んで長距離射撃をしている班のもとへ赴く。と、ふと柵の向こうを見てぎょっとした。あの人狼が、いつの間に移動してきたのか、金網越しにアレクセイを追いかけてくるのだ。

奴はハッ、ハッと白い息を吐き、雪の上を飛び跳ねるようにしてついてくる。尾を振り舌を出してこちらの顔を見つめ「仲間に入れて」とねだっているかのようだ。仔狼までそれを真似し、雪だらけになりながら共に駆け寄ってくる。

土嚢《どのう》を運んでいる兵士らも銀狼に気づき、ひそひそと囁き合う。

「うわっ、ばかに大きい狼だな。まさか、伝説の人狼じゃ……」

「馬鹿はお前だ。人狼なんているわけがないだろうが。見ろよ、子供を連れてる。可愛いじゃないか」

「……教練中の私語は厳禁だ！」

気を散らしている者たちを叱り飛ばし、アレクセイは、努めて柵の向こうを見ないふりをする。人狼はそれにも挫《くじ》けず金網の隙間に鼻を突っ込んでみたり、あるいは雪の上に寝転がって腹を見せ服従のポーズを取ったりまでするが、アレクセイはあくまで無視を決め込んだ。まったく、野生の誇りはどこへいったのだ。あの時鉄格子を挟んで牙を剝いてきた姿との落差が大きすぎて、思い切り拍子抜けしてしまう。

午後からは中隊長たちからの報告会があるので、教練場を引き上げて司令部へ戻る。と、その玄関先に何やら黒っぽいものが転がっているのが見えた。

「これは……」

ニコライが恐る恐る近寄ると、毛艶の見事な一匹の黒貂《くろてん》だった。頸《くび》の辺りを一撃で仕留められている。周囲には、大小の狼の足跡。

またか、とアレクセイは脱力した。ニコライも苦笑いし「熱心ですねえ」と彼らからの〈贈り物〉をありがたく拾い上げる。

この前などは、アレクセイが住まう将校宿舎の玄関先に野ウサギが三羽置かれていたのだ。貢ぎ物でもあるまいし。あの人狼の得意そうな顔が浮かび、つい眉間に皺を寄せてしまう。あっさり駐屯地内に侵入されたのも腹立たしいが、あれほどの巨狼なら、塀などひと跳びで越えられるに違いない。

ニコライは、黒貂のなめらかな毛並みを撫でながら申し出る。

「閣下、僭越《せんえつ》ながら、あの人狼を部隊に入れてやっては？　なかなかいい働きをしそうではありませんか」

「……」

何も答えずに小さくため息をつき、アレクセイは長靴の雪を払って会議室に急いだ。

ニコライが言うとおりにしてやりたい考えはあるものの、部下の悪行のせいで負い目もあるし、こちらから話を引っ込めた手前、相手に意欲があっても諸手を挙げて受け入れるのもばつが悪い。第一、人間に向かってあれほど凄んでみせたというのに、この態度の変わりぶりは解《げ》せないではないか。

だがこのままでは宿舎前にトナカイでも置かれそうだと想像を逞《たくま》しくし、アレクセイは内心で嘆息した。まったく、狼相手に調子を狂わされるなど、みっともないにもほどがあろう。

ある日のこと、業務をすべて終えたアレクセイは、供《とも》の者を断り一人で外出した。

駐屯地の門を出る前、念のため周囲を見回したが、例の人狼はいないようだった。助かった。まさかとは思うが、ついて来られては困る。

冬の早い黄昏《たそがれ》が迫る町並みの中、馬車の溜まりで適当な辻馬車に声をかけて向かったのは、シトゥカトゥールカの郊外だった。北方軍への配属が決まってから、必ず訪れようと決めていた場所だ。何しろここは首都からあまりにも遠く離れすぎていて、訪ねる機会をずっと逃していたから。

目的地の少し手前で馬車を降り、人少ない通りを歩いて、黒い鉄柵で区切られた一角の前に立つ。門を押して中に入れば、半ば雪に埋もれかけた墓石がそこここに並んでいる。

奥の方に目当ての区画を見つけ、アレクセイはそこで足を止めた。ひとつ息をつき、決して大きくはない墓標の前に佇む。

（イヴァン。……）

灰色の石に刻まれたその名を見た途端《とたん》、喉奥に強く込み上げるものがあった。生年と二十数年しか離れていない没年を見るにつけ、灼けつくような痛ましさが胸を襲う。

アレクセイは屈んで墓石の雪を払い、買い求めた小さな花束を供《そな》える。そして溢れる思いと共に静かに手を合わせ、胸の奥で語りかけた。

（来るのが遅くなって、すまないな）

だがこう詫びても、明るく、大らかな気性の彼のことだから「気にするな」と笑って許してくれるのだろう――

イヴァン・セルゲーエヴィチ・ヴァガノフ。アレクセイがかつて所属していた近衛師団での部下にして友人で、そして――恋人でもあった男だ。

アレクセイは、灰色の墓石をただ静かに見つめた。それは何も語りかけてこなくとも、イヴァンが、アレクセイの愛称である「アリョーシャ」と温かく呼びかけてくる声は、今もまだ耳に残っている。そう――あんなに優しげな声で呼んでくれる相手は、母を除けばイヴァンだけだった。

アレクセイの父ザハロフ伯爵は帝国の十指に入る名門貴族だが、母はその愛人で、首都随一の高級娼婦だった。裏社交界の華と評されたほどの美貌の持ち主で、教養高く歌舞音曲も嗜《たしな》み、並の客では逢うことも叶わない夜の麗人だった。

父の正妻は男子を産まずに他界していたため、伯爵の実質的な長男であったアレクセイは、母が胸の病で死去したこともあり、七歳でザハロフ家に引き取られた。もちろん、血筋や父子の情だけでなく、利発で聡明なところも見込まれての判断だった。

父の期待にアレクセイはよく応え、「しょせんは淫売の子」と侮る周囲からの冷たい視線にも屈せず、嫡男として日々勉学と鍛錬《たんれん》に励んだ。苦しい時、辛い時は母を思い、優しかったその姿を心の支えとした。

しかしアレクセイが十二歳の冬、後妻に男の子が生まれた。名家としての体面を保つためだけに娶《めと》った女性だったが、彼女は下級貴族の出だった。

血統を尊ぶ父の興味が、高貴なる青い血を束ねた異母弟に注がれていくのが、まだ少年だったアレクセイにも目に見えて分かった。

父に非情な決断をさせるより早く、アレクセイは自ら士官学校を志願した。「貴族の子弟として軍に貢献する」といえば父の体面も保たれるはずなので、半ば強引にザハロフ家を出て寮に入り、帝国陸軍のエリートである近衛師団を目指すべく心を賭した。厳しい訓練と、力がものを言う軍の世界で、いちいち泣き言を吐いている暇はなかった。

十八で士官学校を首席で卒業し、試験を突破しそのまま帝国近衛師団に入隊した。父はそれを実家との決別と取ったのか、時を同じくして、家督は異母弟が継ぐと定めた。そうしてくれた方が父の胸のしこりもなくなるだろうと思っていたから、アレクセイもむしろ重荷が下ろせたような気持ちだった。

皇帝および高官たちに仕《つか》え、さらなる鍛錬にも励む日々。そして、同期の中で一番早く大尉に昇進したその年だった。イヴァンが、新兵として近衛師団に入隊してきたのは。

近衛兵に任じられる者は上流階級出身の令息が多いが、イヴァンは地方の平民の出だった。父親はかつて北方軍に所属していたごく平凡な一兵卒、しかしイヴァンは、持ち前の快活さと優秀さで准尉まで昇り詰め、そこを買われてアレクセイの部下として配属されたのだった。

明るい茶髪と飴茶色の瞳がもたらす印象のとおり、外見も中身も陽気な男だった。アレクセイとは正反対のその性格が、逆にしっくりと相和したのかもしれない。二歳下である彼と互いに協力して任務に当たり、励まし合い、時には競い合い、また、軍務の合間を縫って炉端の火を眺めて語らい合った。

そんな二人が心を重ね合い、特別な情を交わし合うのは自然なことだった。ただ素直に、心が赴くままに想いを通じ合わせ、互いの温もりを共有した。

あれは何て心安らぐ日々だったのだろう、とアレクセイは思い返す。彼のそばにいる時だけはほっと息がつけ、肩に無意識に入っている力が自然と抜けていくのだ。

イヴァンのおかげで、自分が普段どれだけ、心を押し固め気を張り続けているのか、今さらながらに気づかされた。彼といるだけで気持ちが和《なご》み、胸が温かく穏やかなもので満ちていく。

ことさらに気負うこともなく、ゆったりと寄りかかることができる相手。そういう、心の糸を預けられる存在を求めていたのだと、イヴァンと出逢えたことでありありと自覚できた。

同時に、自分がそれほど強い人間ではないことも悟ったが、そんなありのままの姿を預けてもいいと思えるほど、イヴァンとの時間は信頼と安らぎに満ち、アレクセイにとって唯一かけがえのないものとなった。

しかし幸せな日々は、一年足らずで終わりを告げた。

イヴァンが山脈を抜けて高官を隣国まで送り届ける任務の最中、落石事故に巻き込まれたのだ。

その任務を命じたのはアレクセイだった。山道だが何度も通った場所だ、戻って来たらお互いに休暇を取って出かけよう——と、いつもと変わらぬ明るい笑顔を残してイヴァンは出立した。そして、自らの足で再び帰還することはなかった。

世界が、突如として暗転したかのようだった。

冷たい亡骸を、彼の郷里であるシトゥカトゥールカまで棺《ひつぎ》に収めて運んだのもまた、アレクセイだった。

郊外に建つ生家を訪《おとな》うと、小さいが、温かみのある居間に迎え入れられた。上官としての顔で弔慰を述べるアレクセイに、イヴァンの母であるヴァガノフ未亡人は気丈につぶやいた。いつかはこんな日が来ると分かっていましたから——と。

もちろんアレクセイもそうだった。軍人ならば、命懸けで任務を遂行するのは当然のこと。だから覚悟はしていたつもりだったのに、彼を失った悲しみは、それを上回るものだった。

涙は不思議と出ず、身の裡《うち》に硬く凍りついてしまった。

（……っ、）

当時の悲痛が胸に蘇《よみがえ》る。アレクセイは墓前でぐっとまぶたを閉じたのち、軍服の隠しから小さなバッジを取り出した。常に欠かさず持っているそれは、イヴァンの形見として唯一譲《ゆず》り受けたものだ。

――アリョーシャ、これを覚えているか？

宿舎の彼の部屋で肩寄せ合い語らっていた時のことだった。イヴァンがそう言って見せてきたのは、士官学校の首席卒業者に与えられる金のバッジだ。

――授与式の日、お前は、大将の横でこれを盆に持って立っていた。軍服姿が誰よりも凛々《りり》しく鮮やかで、思わず見惚れたよ。俺と大して歳も変わらないのにすでに大尉だったのには驚かされたし、そして興味も湧いた。

大げさすぎる賛美を口にし、イヴァンは続けた。

――こんなに綺麗な男がいるなら、軍隊暮らしも悪くないと思えた。……まあ、その氷の仮面を溶かすのにはだいぶ苦労したけどな。

つん、と遠慮なく頬をつついて、イヴァンはほほ笑んだ。

――だが、下から現れたのは意外にも可愛らしい顔だった。こんなにもそそる姿を隠しているなんて、お前は本当に罪作りな男だよ。

照れが勝るあまり、アレクセイはちくりと言ってやった。

――お前だって、表では軽く振る舞ってはいるが、裏では寝る間も惜しんで鍛錬に励む努力家だろう。

――気づいていたか？

――それはもちろん、……。

誰よりも愛する相手だから、と耳奥に言葉を落とし込んでやる。イヴァンがぶるりと身震いするのが分かった。指と指を二人で固く絡め合い、そして口づけ合う。

――……どんなに分厚い雪の下にも大地はあり、優しい草花の芽を抱いている。

胸許にアレクセイの頭を抱き、イヴァンは囁いた。

――アリョーシャ、お前だってそうだろう？　お前が誰よりも己を律し、自分にも周囲にも厳しく接しているのは、優しく温かい心の裏返しだ。だけどな、もう少し肩の力を抜けよ。そうすれば、部下ももっと慕ってくれる。だが、そういう可愛らしい顔は、俺以外の奴らには絶対に見せるなよ……。

そんな言葉だけを残し、イヴァンは逝ってしまった。彼の不在が実感されるにつけ、太陽に見放された厳冬の中を、一人さすらう心地がした。凍《ここ》えた心だけを、ただ胸に抱えて。

埋めようのない空虚さを感じながら、アレクセイはそれでも軍務に励んだ。悲しみに膝を屈したら、もう二度と立ち上がれない気がしたからだ。そんな情けない姿は、イヴァンとて見たくはあるまい。

優秀な部下を失い、憑《つ》かれたように業務に励むアレクセイの心境を慮《おもんぱか》ってか、上官から転属の話が来た。行き先は北方軍、肩書きは中佐。近衛からは解かれるが栄転だぞ、との慰めを、アレクセイは淡々と受けた。そして列車で長い距離を移動し、十月には雪が降り始める北の大地を、再び踏みしめたのだった。

墓地の鉄柵越しに広がる広大な平原と山脈を、アレクセイは一人眺める。イヴァンが生まれ育った土地、それらが目に寒々しく映るのは、周囲が夕闇に沈もうとしているからだけではあるまい。

もし郷里へ転任することになったら、その時は二人で北方軍を率いていこうぜと、イヴァンとそんな話をしたことがあった。いつか共に叶える夢だと、当時はそう信じて疑わなかった。

(……なのに、)

アレクセイは隠しに納めたバッジにぐっと手を当て、抑えようのない痛みに耐える。そして、嘆きの声で呼びかけた。イヴァン、どうしてお前は、今ここにいないのだ——

『お前でもそんな顔をすることがあるんだな』

いきなり声をかけられ、アレクセイはぎょっと顔を上げる。

見ると、いつの間にやって来たのか、すぐ傍らに例の人狼が佇んでいた。いつものように、仔狼を引き連れて。

アレクセイは慌てて表情を引き締めた。追想に耽《ふけ》っていたとはいえ、ここまで接近されて気づかないとは何たる不覚か。

人狼は天然のかんじきのような足で雪の上を音もなく歩み、すぐそばまで近づいてくる。顔をじっと無遠慮に覗き込まれたので、アレクセイはぱっと目を逸らしてしまった。

『胸の中に氷でも抱えているみたいだぞ。被毛もない人間が、いつまで外にいるつもりなんだ。早いところ火にあたりに行け』

おせっかいな野良狼め。アレクセイはそっけなく返した。

「貴公こそ、ここからなら森も近いだろう。とっととねぐらに帰ったらどうだ」

『お前を一人置いてはおけない』

心配されるほど情けない顔をしていたのかと、己に対して恥ずかしさが込み上げる。というか、この人狼はそれだけ長い間こちらの様子を窺っていたのかと、軽い憤慨《ふんがい》をも覚えた。

と、小さな気配が近づいて来た。見れば、親の背後にいた仔狼が無邪気な顔でぽてぽてと歩み寄って来、柔毛に覆われた前肢を、ひょいとアレクセイの膝に乗せてくる。

澄んだ琥珀色をした丸っこい瞳で見つめられ、思わず毒気を抜かれた。そっと頭を撫でてやれば、心地よさそうな顔で舌を出してくる。ぴくぴく動くふたつの耳も、感情を表して盛んに振られる尾も、何もかも可愛らしい。

実は、動物はそれほど嫌いではない。むしろ好きだ。実家にいた頃は、飼っていたボルゾイ犬とよく遊んでいた。馬を駆って遠出するのも好きだった。もの言わぬ彼らは、存在によってこちらの心を温かく癒してくれる。

親狼に「この人間は恩人だ」と教え込まれているのだろう、仔狼は全身で甘えるようにして懐いてくる。くりくりした瞳でじっと見上げてくる愛らしい姿に、アレクセイの口許もとろりと緩んだ。やや灰みがかった体毛は幼獣らしく柔らかく、触れているだけでも心地がいい。

「怪我は、もう大丈夫か？」

『だいじょうぶです』

思い切って話しかけてみると、何とも可愛い返事が返ってきた。「よかったな」と目尻を下げ、ふんわりした密な被毛の感触にうっとりとまぶたを細めていると、

『そういう穏やかな顔も、たまにはしてみせたらどうなんだ』

もの言う獣が、なぜか呆れたようにこぼした。

『軍務に当たっている時のお前はいつも、それとは違う氷刃のごとき目をしているぞ。きつい言い方と表情のせいで、北方軍の人間は皆、お前に敬意を払いながらもどこか恐れているような雰囲気だ。自分でも気づいているだろう？』

「……上官とはそういう存在だ。必要以上に馴れ合っては、部下に示しがつかない」

日参しているだけあってなかなかの観察眼だが、アレクセイはぴしゃりと言い捨てた。そのとおり、人の上に立つ者は敬遠されているくらいがちょうどいいのだ。もとより、愛想がいい方で

もない。

仔狼はたっぷり撫でられて満足したのか、こちらの手を離れ、傍らにある木の根元に積もった雪を蹴って遊び始めた。アレクセイもそれを機に帰隊しようかと思ったが、墓前にいて呼び覚まされた感情は鎮まらず、まだ立ち去り難かった。

人狼もまた、雪と戯《たわむ》れる我が子を視界に置きつつ、この場から離れようとしない。彼は何かを考えているようなまなざしで墓石を見、続いて、尾や耳を小刻みに動かしながらじっとこちらにも視線を注いでくる。

相手はそして言った。

『誰か大切な人物なのだな』

無遠慮な質問には答えず、アレクセイは口を噤《つぐ》んだ。だが、それが答えの代わりになってしまった。

しばし沈黙していた人狼だったが、やがてぽつりとつぶやいた。

『俺もかつて、つがいを亡くしたことがあった』

あの仔狼の母親か。アレクセイは相手の顔を見やる。

「獣にでも襲われたのか？」

『いや、猟師に撃たれた』

彼が人間をことさら憎々しく評した理由が、これで分かった。

『彼女も俺と同じ人狼だったが、猟銃には敵《かな》わない。離れて狩りをしている最中に撃たれ、亡骸も奪い去られた。必死で匂いを追ったが、取り返すことはできなかった。いくら遠吠えしても、応えてくれる声はなかった』

森にこだまする悲痛なその呼び声が、耳に響いてくるようだった。痛ましさを覚え、アレクセイはじっと相手を見つめた。

人狼は、淡々と話し続ける。

『それからしばらくは、胸の中を風が吹き抜けていくような心地がしていた。何をしてもつがいの顔が頭を離れないんだ。いろいろ一人で思ううち、俺は、彼女が命を落とした場所に行ってみた』

「なぜ……」

心を抉《えぐ》るようなものではないか。だが、やむにやまれぬその衝動は知っている。アレクセイも、辛くなるのを承知でイヴァンの事故現場に花を手向けに行った。

『何も残っていないのは分かっていた。匂いも血の跡も、風と雪がすべて消し去ったから。だが、それでも、そこに行かずにはいられなかった』

群れを作って生活する狼は、社会性の高い動物だと聞いている。もちろん、つがいの死を悼《いた》む気持ちもあるに違いない。愛する者を突如として奪われたやり場のない怒り、そして強い悲しみは、誰よりもよく分かる。

労《いたわ》りの気持ちが込み上げ、アレクセイは言った。

「辛かったろう。無理に話さなくても構わないぞ」

『いいんだ。何となく、お前には話してみたくなった』

もしかして、この人狼なりにこちらを慰めてくれたのだろうか。思いがけない相手から気を遣われ、少々ばつが悪くなる。

それを契機とし、アレクセイはようやく腰を上げた。痺れた脚を伸ばし、あえて快活な口調で言う。

「先に戻れ。わたしならもう大丈夫だ」

偽らざる気持ちを口にし、ついでに、このところ人間に接近しすぎている人狼をたしなめる。

「子供を連れて町中をうろつくな。馬車に撥《は》ねられでもしたらどうする。人狼だと知られたら、親子共々見せ物にされてしまうぞ」

神妙な顔つきで足許に前肢を揃えていた人狼だが、やがてふとこちらを見上げた。そして、真《しん》摯《し》なまなざしをして言った。

『アレクセイ』

「何だ」

『頼みがある。俺を北方軍に……』

来たか、と身構えると、人狼の耳がぴくりと跳ねた。彼はそのままさっと尾を返し、子を連れて墓石の陰に素早く身を隠す。

何事かと辺りを見回すと、墓群の向こうから一人の憲兵がやって来るのが見えた。白銀の体色のおかげで、人狼の姿はすぐ積雪に紛れる。

長銃をかついだ憲兵は、アレクセイの眼前に立つとたどたどしく敬礼する。

「北方軍のザハロフ中佐とお見受けしますが」

「ああ、そうだが?」

相手はかしこまって続けた。

「急ぎ、司令部にお戻りください。火急の用件で、大佐が探しておられます」

辻馬車を駆って司令部に戻ったアレクセイを待ち受けていたのは、想像もしていない事態だった。

「――辺境警備隊が、カフスカヤで身動き取れなくなっているだと?」

カフスカヤは北の海を望む帝国最北の町で、駐屯地からは馬車で二日ほどの距離にある。まだ鉄道が通っておらず、交通の便は極端に悪い。

そこへは先月から、道路補修のための作業員たちと、彼らを補佐する北方軍所属の辺境警備隊が赴いていた。しかし局地的な猛吹雪に襲われ、町にて孤立していると。

あまりの荒れ模様に、燃料補給と交代のために向かっていた警備隊が、それ以上進めず手前の町で引き返してきたらしい。同時に現地から、状況を伝える電信が届いたことで判明した。曰く、帰隊は極めて困難、すみやかに救出を求むと。

司令部の対策室、吹雪を目撃してきた警備隊長が報告を述べていく。

「目を開けて立っていられないほどの風雪でした。近隣の町の農夫によると、これほど長く吹雪が続くのは初めてだと……しかし雲や風の具合からすれば、あと二、三日ほどで止むだろうとの予想です」

「だからといって、それまで何もせず放っておくわけにはいかん」

アレクセイの上官にして北方軍を統括しているゲオルギエフスキー大佐が、口髭をいじってつぶやく。

「向こうは〈すみやかな〉救出を求めておる。手持ちの石油燃料も食糧も少なく、町の住民は老人ばかり、カフスカヤで漁をする季節労働者たちもほとんど引き上げているから、現地での調達も困難だと伝えてきているんだぞ。それに、もし予想が外れて吹雪が収まらなかったらどうする。これ以上身動きが取れない状況が続けば、隊員も作業員も皆凍死してしまうぞ」

吹雪が揺さぶる家屋の中でじっと身を固くしている一行を思い描き、アレクセイは、緊張の面持ちで口を開く。

「雪上車か軍用車両か、大型の隊員輸送車を派遣しますか？」

「いや、車では雪にタイヤを取られてしまうだろう。ここは犬ゾリを……いや、トナカイだ。トナカイで向かえ」

寒冷地ならではの提案を、大佐は続ける。

「こういう時は、悲しいかな、文明の利器では歯が立たんのだ。野生の動物の力を貸してもらう。分厚い冬毛に覆われたトナカイなら、猛吹雪でも突破できるはずだ。もちろん、隊員も厳冬装備をして向かう」

「ですが、大佐……」

傍らの副官が、遠慮がちに口を挟んだ。

「あの近辺はヒグマの生息地です。トナカイたちを狙って襲いかかってくる可能性があります」

話を聞き、大佐が渋面を作る。長銃で撃退はできても、万が一雪の中で移動手段を断たれれば、待っているのは凍死だけだ。

対策室に沈黙が落ちる。こうしている間にも、状況は悪い方へと傾いているのかもしれないのだ。焦りを抑え、アレクセイは知恵を絞る。何かないだろうか、寒さに耐え、猛吹雪をものともせず突き進めるものが——と考えた途端、はっとひらめくものがあった。

「……大佐。まったく前例がない提案なのですが」

「いいや、中佐。何でも言ってみてくれ」

大佐の度量大きい言葉に後押しされ、アレクセイはふと思いついた一計を頭で取りまとめる。そして、続けた。

「狼部隊です」

「何？」

「トナカイではなく、狼たちにソリを引かせるのです」


防寒外套の上からさらにトナカイの毛皮を羽織り、アレクセイは手綱《たづな》を握って行く手を見据える。

頭を熊毛の帽子で覆い、口許には毛織布を幾重にも巻きつけて目だけを出し、吹雪が舞い上がらせた雪煙が吹きすさぶ凍原を進んでいく。

大型のソリを引いているのは、数十頭もの狼たちだ。厚い被毛に覆われた色様々な群れが、白い呼気を吐いて雪をものともせずひた走る。

その先頭にいるのはヴィールカ——あの白銀の人狼だ。彼は他の狼たちよりひと回り大きい体躯を雪まみれにしながら、白灰色に覆われた平原を勇ましく突き進んでいく。

急に仲間に組み入れられたというのに、ヴィールカは部隊の中でも最上位にいる狼と連携を取り、群れを率いて逞しく行進していく。

その姿は実に頼もしかったが、アレクセイとしては少々複雑な気持ちで彼の背中を眺めた。

遡《さかのぼ》ること一昼夜、辺境警備隊救出作戦の発動を受け、アレクセイは狼舎へ向かった。概要を説明し、狼たちに緊急出動を命ずる。

——人命救助のため、部隊の力を貸してもらうぞ。お前たちならば、必ず遂行できるはずだ。

狼たちの前に立って彼らの志気を鼓舞《こぶ》していると、群れの中からひとつ声が上がった。

——中佐閣下。任務遂行のために、条件がある。

発言したのは、隊員のリドニクだった。彼もまた白銀の毛並みを持つ人狼で、狼部隊の総隊長を務めている。頼りになるオス狼だが、上官に対しても口調が尊大なのが玉に瑕《きず》だ。

——条件だと？

——あいつも一緒にしてくれるなら、いいぜ。

リドニクがしゃくった鼻先の向こう、狼舎の窓枠から、あの人狼がひょっこりと顔を覗かせた。またどこかから不法侵入して来たらしい。人狼はリドニクとアレクセイを見て、盛んに尾を振っている。

リドニク曰く、彼とは以前に同じ群れの中で育った仲間で、兄弟のように仲が良かったとか。

——成狼になった時、お互い群れを離れてそれっきりだったんだ。最近、軍の周辺で何だか懐かしい匂いがすると思っていたら、案の定こいつだった。

リドニクが話している最中も、人狼は窓枠に前肢をかけてはっはっと呼気を弾ませていた。話は本当のようだ。だが、アレクセイは眉をひそめる。

——正規隊員でない者を、作戦に加えるのは……。

——だったら今日から入隊させればいい。こいつの能力は俺が保証する。

誰もが従うリーダーで、狼部隊を率いて何度も危険な作戦に従事してきたリドニクは、上官のアレクセイ相手に一歩も引かず説く。

——友がいてくれるなら心強いし、これほどの大きな狼がいればヒグマも怯むだろうし、作戦の効率が上がるかもしれないぜ。

ちらと視線を移すと、件の人狼は尾を振りたくり、気合充分といった面持ちでこちらを見つめてくる。気持ちだけはすでに新兵らしい。

――アレクセイ。

人狼は真剣なまなざしで言った。

――お前の役に立ちたいんだ。後悔はさせない。頼む、俺の身体でよければいかようにも使ってくれ。

大胆で傲岸不遜《ごうがんふそん》な人狼たちに言いくるめられたようなかたちだが、アレクセイは渋々うなずいた。今は作戦の遂行が最優先だ。こうしてヴィールカは、ちゃっかり救出隊の一員に収まってしまったのだった。名前は、取り急ぎアレクセイがつけてやった。

それが昨夜のひと幕。作戦の発案者であるアレクセイは夜明けと共に隊を率いて駐屯地を出発し、道なき大雪原を犬ゾリならぬ狼ゾリでひた走る。

そして夕刻、カフスカヤまであと数十キロの町に着いた。狼たちのおかげか、予定時間よりも早い到着だった。今夜はここに留まり、明日、夜明けと共に出発すれば、昼前には現地に着けるだろう。

宿屋を探し、事情を話して昔使っていたという古い厩舎を提供してもらう。狼の世話もあるので、その方が都合がいいのだ。

防寒具に凍りついた雪を落として装備を整え、持参した野戦食で夕食を取る。女将が気を利かせて温かいボルシチを振る舞ってくれたので、隊員たちは食事のあとすぐに眠りについた。狼のものも含めて、厩舎に寝息が満ちる。

木造の舎内にある中二階のような部屋、アレクセイはそこで一人、ランプの下で地図を広げていた。ニコライは主に身の回りの世話をする従者なので、作戦には帯同させず留守を頼んできた。

風の音が耳につく。軒先を切り窓枠を揺さぶるそれは、ことさらに人の気持ちを凍《い》てつかせんとしているようだった。救援を待っている隊員たちも、さぞかし不安な心地でいることだろう。自然と気持ちが急《せ》いて、明日以降の道筋の確認にも力が入る。

と、木の扉をカリカリと引っかく音がした。人間が立てるものではないその音を察し、アレクセイはしかめっ面で腰を上げる。

「何の用だ」

扉を開けると、やはりヴィールカがいた。彼は今日一日の疲れもものともしない様子で、例によって行儀のいい犬よろしく前肢を揃えてこちらを見上げてくる。

『まだ寝ないのか』

「……今、横になろうと思っていたところだった」

それを聞いたヴィールカは、扉の隙間から強引に室内に入って来ると、アレクセイが持参した寝袋のもとへとすたすた歩いて行く。そして枕許に当たる部分へ腹這いになると、後肢を縮めて身を横たえた。

「……何をしている」

『寝るところだったのだろう。俺も同じだ。だったら、二人寄り添い合って休もうじゃないか』

突然変なことを言い出した人狼を前にし、アレクセイは眉を寄せた。墓地で遭遇した時も思ったが、ちょっとものの言いと態度が図々し過ぎるのではないか。よく言えば、大胆で物怖じしないということになろうが。

だが、夜も遅い時間に押し問答したくない。ただでさえ重要任務の途中なのだ。アレクセイは観念しつつひとつため息をつき、ランプの炎を細くする。そして軍服姿のまま、寝床に腰を下ろした。

長靴だけ脱ぎ、寝袋に下半身を入れながら、横座りしているヴィールカの、ちょうど腹にもたれる格好で背中を寄せる。狼と身体を接するのはもちろん初めてのことで、我ながら仕草がぎこちない。

『遠慮するな』

「……うむ」

そう言われても、とためらいつつも、思い切って上体を預けると、存外にしっかりとした胴に受け止められた。ヴィールカが身を丸め、安楽椅子のようにアレクセイを背中から包み込む。外側の粗毛と、その下に密生している細かな下毛が、ふんわりと身体を覆ってくる。

「重くないか」

『まったく。どうだ、温かいか』

「……ああ」

ぶ厚い冬毛を纏《まと》った時季だからだろうか、感触はまるで極上の毛織物のようだった。ヴィールカの長い鼻先が顔のそばにあるのは落ち着かないが、血が通った天然の毛皮に半身をくるまれて、肩の力がわずかながら抜けていく。

徐々に身を倒していけば、首や頬にも柔らかい被毛が当たる。くすぐったくも心地よかった。頭を巡らせてこっそりその感触を堪能していると、ヴィールカがつぶやいた。

『何なら手で触ったらいい。お前なら許すぞ』

「……いや」

『何だ、さっきも言ったが、遠慮しなくてもいいのに……』

面白くなさそうにぶつぶつとこぼし、ヴィールカは頭を落として休む体勢を取った。展開としては妙だがそれには目をつぶり、アレクセイもまた、深く息をついて暗がりを見やる。

肌にかすかに響いてくる鼓動を感じていると、ヴィールカがつぶやいた。

『そういえば、まだ礼を言っていなかったな』

「何の礼だ」

『俺と、俺の子を助けてくれた礼だ』

ヴィールカはこちらに顔を向け、真摯な瞳で続けた。

『恩に着る。俺もあの子もこうして生きているのは、お前のおかげだ』

「……人間として当然のことをしたまでだ」

アレクセイもまた、正直な気持ちで答えてやる。

ヴィールカの子は、もちろん連れて来られないので、軍の狼舎に預けてきた。つまりは留守番だ。一人残されることに不安そうな顔をしていたが、今頃は老狼たちが優しく面倒を見てくれていることだろう。

ヴィールカは、小さな灯りの中でじっとこちらを見つめてくる。

『人間は皆、傲慢で残虐で、私利私欲を満たす振る舞いばかりするものだと思っていた。だが、お前のような高潔な人間もいるのだと、考えが覆《くつがえ》された。だから、何かお前の気持ちに報いるようなことがしたいと思って、入隊を志願したんだ』

率直な言葉を、アレクセイはくすぐったい気持ちで受け止めた。それゆえ、こうまで懐いてくるのか。さすが犬の祖先、忠実さはしっかりと持ち合わせているらしい。

『お前は、上官という立場ゆえ誰に対しても厳しいが、同じくらい優しいところもある。こうして、部隊にも入れてくれたしな』

「まだ正式入隊ではないだろう」

その件については保留になっている。今回の救出作戦の働き如何《いかん》で考えると、本人には伝えてあった。

「それに、礼なら、駆け引きの上手いリドニクにも言っておけ」

これ以上自分を高評価されると照れてしまう。アレクセイは、さりげなく話の矛先《ほこさき》を逸らして続けた。

「昔馴染みと再会できて幸運だったな。仲が良かったのだろう?」

『ああ、嬉しかった。変わりないな、あいつは……リドニクと一緒なら、部隊でも上手くやっていけると思うんだが』

「……考えておく」

抜かりのない奴だ。話を打ち切り、アレクセイは本格的に寝る態勢に入る。外では雪風が唸っているが、やや収まり始める気配も感じられた。ヴィールカの耳も、それを察してぴくぴくと動く。

『……大した吹雪ではないな。この分なら、任務などすぐ済ませられる』

「あまり舐めてかかるな」

アレクセイは、ぱっと頭を上げて表情を険しくする。

「今回の任務は要するに行って戻って来るだけだが、油断はできない。敵は自然の猛威なんだ。思わぬ事態が起こらないとも限らな……っぷ、」

尻尾で鼻先をくすぐられた。というより、はたかれた。そんなふざけた扱いを受けたのは初めてで、思わず目を白黒させる。

『気負いすぎるな。また目がとんがっているぞ』

ヴィールカは、尾を振り振りこちらをたしなめる。

『かつて、群れの長から教わった。血気に逸《はや》りすぎれば獲物を逃すし、余計な闘気を込めると、小型獣にはすぐ気づかれるとな。気合を込めて狩りに……いや、任務に望むのはいいが、力の入れすぎは己を滅ぼすもとだぞ』

「……」

もっともな意見だった。すっかり気勢を削がれてしまい、アレクセイは小さくため息をつく。何事にも力みすぎてしまう己の悪い癖を指摘されてしまうとは、まだまだ修錬が足りないようだ。

アレクセイは胸の前で腕を組み、改めて背中を相手の被毛に埋める。

「たわけたことをせずに寝ろ。明日も早いぞ」

『ああ、そうだな。……アレクセイ』

熱の込められた声で、ヴィールカは言った。

『俺は必ず、任務をまっとうする。お前の期待を裏切るようなことはしない。だから、安心して休め』

「……ああ」

アレクセイはうなずき、今度こそ目を閉じた。その言葉が心身を包み込み、温かく慰撫してくれるようだった。この人狼は今宵《こよい》、それを一番伝えたくてわざわざやって来たのだろうとも思えた。

ややしてヴィールカも頭を伏せ、ひとつ大きく息をつく。と、早くも健やかな寝息が聞こえてき、接している腹部が規則的に上下し始める。

背中がぬくい。いつも眠るまで時間を要するのだが、今日ばかりは、すぐにとろりとした眠気が忍び寄って来た。

風の音が穏やかになった気がした。人間よりも高い体温と、力強い心臓の音。それを感じながらアレクセイはまぶたを閉じ、眠りの蜜に身を委ねた。任務中にはなかなか味わえない、柔らかで心地のいい眠りだった。

久方ぶりの晴天だった。

一面に雪が積もった教練場、まぶしい照り返しを受け、アレクセイは手のひらで庇《ひさし》を作ってまぶたを細める。本当に、何日か前のあの大吹雪が嘘のような上天気だ。

カフスカヤでの救出作戦は完遂、一般の作業員らを含む辺境警備隊員全員を、無事に助け出すことができた。すべては、狼ゾリのおかげだ。兵のうちの何人かは手足に凍傷を負っていたが重篤なものではなく、駐屯地で手当てを受けるとすぐに回復した。雪害から人命を守ることができ、本当にひと安心だ。

青空の下、調教係の号令が響く。

「全班集合！　第三隊列を取って、行進！」

それを聞きつけた狼たちが専用の教練場を走り、きびきびと隊列を組んで前進していく。

その左前方にいるのはヴィールカだった。耳と尾を立て、調教係が出す指示のもと、自らの班を勇ましく率いて進む。堂々たるその姿を眺め、アレクセイは口許を緩めた。

ヴィールカは、希望どおり北方軍に入隊を果たした。救出作戦での働きぶりも見事だったし、リドニクや他の狼たちの賛成もあったからだ。狼舎にて寝起きし訓練に励み、恵まれた体格を生かしてめきめきと実力をつけている。人狼の友達もできたらしく、銀狼同士で連れ立ち外を駆け回っている様子は、見るからに楽しそうだった。

アレクセイは場内の端に佇み、行軍訓練の様子を見学する。

晴天のおかげか、狼たちも元気いっぱいだ。彼らはリーダーである人狼のあとに続いて雪上を歩きながら、調教係が吹く狼用に加工した犬笛に従い、止まったり伏せをしたり、あるいは駆け出したりを実行していく。きちんと統制の取れた動きは、実に見事なものだった。

「小休止！」

その声と同時に隊列がばらける。狼たちは思い思いの場所に散り、気心の知れた仲間たちとじゃれ合い始めた。身体の上に乗っかり合う者、肩同士をすり付け合う者、鼻先で押し合いへし合いする者……好きなように戯れるその様子は、休憩時間に友と遊び語らう人間の兵士と変わらない。

『アレクセイ！』

嬉しげな声に名を呼ばれた。群れを離れたヴィールカが、雪をはね飛ばしながら見る間に距離を縮めて来る。そして勢いつけて後肢で立ち上がると、アレクセイの軍服の胸許にとん、と太い前肢をついた。

「……げ、元気そうだな」

体長一・七メートルもの巨狼がいきなり眼前に迫って来て、たじたじと顎《あご》を引く。弾む息も盛んに振られる尾も、何よりも、こちらを一心に見つめてくる喜びいっぱいの瞳に、逆に怖じ気づいてしまう。

胸に置かれた前肢を摑んで撫でつつ、アレクセイは指摘した。

「ヴィールカ。何度も言っているが、わたしのことは中佐閣下と呼べ」

『ああ、そうだったな。お前の姿を見たら嬉しくなって、つい失念してしまった』

ヴィールカは、入隊すればいつもアレクセイのそばにいられると思い込んでいたらしく、実際に訓練をするのは調教師だと聞かされていたく不満顔をしていた。なのでその分、姿を見かければこうして喜び勇んで突進してくるのだ。

そこまで慕われると、嬉しいというよりも困惑してしまう。しかし、最終的に入隊を許可したのはアレクセイなのだ。上官として、部下には手をかけてやらねばなるまい。多忙な身だが、あまり顔を出さずにいるのもヴィールカが不憫《ふびん》なので、こうして時間を作っては教練場に赴いている。

『まだここにいられるのか?』

「ああ。もう少しだけなら」

答えると、立てた尾を嬉しそうにわさわさと振りたくられる。白銀の体毛が陽射しを反射し、きらきらとまぶしく輝いた。

スヴィルカーユシー――〈輝く〉という単語がヴィールカの名前の由来だ。そこから取ってヴィルカ、この土地の発音に倣って、ヴィールカとした。急拵《きゅうごしら》えの名だったが、そう悪くないのではないかと思う。彼自身も気に入っているようだし。

「ロルカは?」

『向こうだ』

見れば、仔狼が仲間たちと転げ回って遊んでいた。

仔狼の方はロルカ、森の奥に住んでいるといういたずら好きの精霊の名を取って付けた。狼たちの中では一番年少、かつ新入りなので、皆からたいそう可愛がられているようだ。兵士ではなく見習いのような立場ではあるものの、同じ歳恰好の仲間と落ちていた小枝を咥《くわ》え、引っ張り合って遊んでいる。

『……あんなにはしゃいでいるロルカを初めて見た』

やっと前肢を降ろしたヴィールカが、愛し子を見てつぶやいた。瞬時に父親のまなざしになった彼を、アレクセイもまぶたを細めて見つめる。

『二人になってからもたくさん遊んでやったつもりなのだが、やはりもの足りなかったのだろうな。親は、友達になってはやれない。だからロルカのためにも、軍に入って本当に良かった』

「子供のためでもあったのだな。それは何よりだった」

素直な気持ちを返してやる。森で一人子供を育てるのは、並の苦労ではなかろう。父親としての顔もきちんと持ち合わせているヴィールカの横顔を、アレクセイはしみじみした思いで見つめる。本当に、子供思いのいい奴だ。

「あの子もいつか、ヒト化するようになるのか？」

『もう数年もすればな。今はまだ、筋力も基礎体力もないから難しいだろう』

人狼とは、狼の数世代に一度現れる異端変種で、発生頻度は低い。寿命は、五十〜八十年と個体差がある。人狼から人狼の子が生まれるとも限らないらしいが、ロルカは、両親がそうだからか、自身もヒトに変容する要素を持ち合わせているようだ。今はまだ体色が灰みがかっているものの、成長するにつれてヴィールカと同じように白銀になっていくのだろう。

話し声を聞きつけたのか、ロルカがこっちに走ってきた。ばねのある足取りで雪を蹴散らし、屈んだこちらの膝に飛び乗ってくる。アレクセイは口許を緩め、鼻先についている雪を取ってやった。

『かっか、とうちゃんとおしゃべりですか？』

「ああ。ロルカはいい子だと話していたんだ」

『えへへ』

一心に見上げてくる、くりくりした琥珀色の瞳。ヒトでいうと五歳くらいだそうで、今が可愛い盛りだ。

愛らしさに負けて小さな頭を撫でてやっていると、なぜかヴィールカまでもすり寄って来た。

鼻先を軍服に押しつけ頭でもたれかかり、無理矢理にでも寵愛《ちょうあい》の手が欲しいらしい格好だ。

『俺にも触ってくれ。頭でもどこでもいい』

「何だ、大人のくせに」

『それは関係ない。仲間とはこうして身体をくっつけ合うものだ』

戦闘時ではない平時は狼の本能をなるべく優先、というのが、アレクセイがここに赴任して改めて打ち立てた決まりだ。彼らは軍の奴隷ではない。いつも見ているから分かるが、狼たちにとって、仲間との戯れは精神の安定に不可欠なものなのだ。

仕方ない、とアレクセイは嘆息し、ヴィールカの頭をわしわしと撫でてやった。やや強めに力を込め、頭のみならず太い首や胴にも手のひらを巡らせていく。

『ああ、そんな感じにされると落ち着くな』

ヴィールカは、心地よいのかうっとりとまぶたを閉じてみせた。猫ならば喉をごろごろと鳴らしている顔つきだ。狼らしからぬその表情に呆れてしまったものの、アレクセイは請われるがままにあちこちを撫で続けてやる。

ロルカが仲間に呼ばれて戻って行ったのをいいことに、ヴィールカはこちらの身を独占し始めた。胸許にすり寄り、まるで縄張りに匂いでもつけるかのように、頭や胴体をぎゅうぎゅうと遠慮なく押しつけてくる。

「おい、くっつきすぎじゃないか」

『こうしていると落ち着くんだ』

まったく、親の背中にひっつく子供じゃあるまいし。しかしまとわりついてくる厚い冬毛の感触が心地よくもあったので、アレクセイは好きなようにさせてやった。しょうがない、泣く子と懐いてくる人狼には勝てない。

向こうで、調教師の軍服の裾を引っ張っているロルカの姿が見えた。アレクセイは小さくほほ笑む。ああやって物怖じせず甘えかかるところ、血は争えないようだ。

「ロルカは調教師が好きらしいな」

『ああ、同じ人狼だからだろう』

「……人狼かそうでないかは、見ただけで分かるのか？」

狼舎番にして調教師の彼は、歳は七十ほどだろうか。帝国全軍の中でもかなりの古株だ。「実は人狼なんです」とごく自然に自己紹介されてアレクセイもかなり驚いたのだが、なるほど、どうりで狼たちがよく従うはずだ。

ヴィールカはあっさりつぶやいた。

『ああ。ニオイですぐ分かる』

「……」

人には到底分からないそれだ。やはり、人狼同士で何か感じ合うものがあるらしい。

彼はまた、ぽつりと付け加えた。

『人間の嫌な臭いにまみれて、分からなくなっている奴もいるがな』

狼姿ではなく、ヒト姿を取って人間たちに紛れて生活している人狼たちもわずかながらいるらしい。調教師も「もう森で狩りをする体力はありませんから、こちらでご厄介になっています」とこぼしていた。

彼らは半人半獣の存在、どちらの世界に身を置いてもいいわけだが、どちらを選んでも気苦労は多いようだ。人狼だけで群れたとしても、ごく小さな群れでいないと権力を巡って激しい対立が発生し、いずれは分裂していくのだと。何やら耳の痛い話だ。

アレクセイは、ふと思ったことを訊いてみる。

「お前たち狼にとって、人間の匂いというのは嫌なものなのか？」

『人による。お前の匂いは好きだ』

言うとおり、ヴィールカは襟首に鼻先を押しつけてくんくん嗅《か》いでくる。動物ならではの仕草だが、こちらは人間なので露骨なそれが恥ずかしい。

ヴィールカは、またたびを嗅がされた猫のようなしまらない顔でつぶやく。

『ああ……たまらないな。春風を鼻に感じたような、心くすぐられる気持ちになる。とてもいい匂いだ』

「おい、もういい加減にしないか」

いつまでもべったりとひっついてくるヴィールカに業を煮やし、アレクセイはいい加減腰を上げた。狼舎に戻り始める群れを指し、きっぱりと言い放つ。

「次は座学の時間だろう。早く着替えて教室に行け」

『……計算は苦手だ』

ヴィールカは、明らかに嫌そうな顔をしてみせる。

人狼たちには、通常の訓練の他、読み書きと数学、歴史、諜報術や軍政学なども学ばせている。もちろん人間の一般常識も。どれもが、軍の兵士として必要な知識だ。

『お前が教えてくれるなら頑張れるのだがな』

「〈お前〉もよせ。中佐閣下だ」

不躾《ぶしつけ》な人狼をたしなめていると、遠くから人の群れがやって来た。その中心、悠々とした軍靴の歩容で周囲を率いてくる人物を見、アレクセイはすかさず姿勢を正す。

「ゼレンコフ中将閣下！」

最敬礼を取ると、中将は鷹揚《おうよう》にほほ笑んだ。彼は近衛師団時代の上官で、その頃から公私共に目をかけてもらっている。

「お迎えもせず、大変失礼を」

「構わん。こちらが早く着きすぎただけだ」

中将は現在、ここから百キロほど離れた町に駐屯する西方軍を統括している。今日から二日間、視察のために北方軍に滞在するのだ。

中将は、アレクセイの足許にいるヴィールカにちらと目をやる。

「ほう、見事な銀狼がいるな。新入りか？」

「左様《さよう》です」

「中佐に負けないほどの美男ではないか。貴君がもし狼になったなら、このように美しい毛並みを備えるのだろうな」

「ご冗談を」

アレクセイをことのほか気に入っている中将からのからかいを、軽く受け流す。こんな台詞《せりふ》はいつものことなのだ。

小馬鹿にされたと思ったらしい、ヴィールカが低く唸った。「しっ」と命ずるとすぐ静かになってくれたが、むっつり顔で中将の姿を見上げている。

中将は、案内の大佐と共に狼舎へ向かう。と、それを見計らって、中将の後ろに付き従っていた随人の一人が、アレクセイを見てにっこりとほほ笑んだ。

「やあ、アリョーシャ。久しぶり」

「……ジェミヤン！」

「安心したよ。元気でやっているみたいだね」

声をかけてきたのは、ジェミヤン・ゲオルゲヴィチ・マシェフスキーだ。ゼレンコフ中将の一等秘書官で、近衛師団時代の、アレクセイの友人でもある。中将が視察に訪れるとあって、同行する彼との再会を心待ちにしていたのだ。

ジェミヤンは大貴族マシェフスキー家の三男として生まれ、近衛兵の中でも突出した才気の持ち主だった。美男好みの中将に近侍として抜擢《ばってき》され、その審美眼に適っただけあり、理知的で端整な面差しをしている。

ジェミヤンは、明るい薄茶色の瞳を屈託なく向けてくる。久しぶりに会う友の笑顔に、アレクセイもまた頬を緩めた。

「長旅だったろう。大事なかったか」

「中将のお供で慣れているから平気さ。半分は君に会いに来たようなものだし、疲れたなんて言っていられないよ」

彼は笑顔で続けて、

「北方軍にはすっかり馴染んでいるみたいだね。手紙を送ったのに返事も寄越《よこ》さないんだから」

「すまなかった。いろいろと忙しくて」

彼らしい手厳しい指摘に詫び、アレクセイは問うた。

「イヴァンのところに墓参する時間はあるか？」

「ああ、そうか。奴にも顔を見せに行ってやらないとね」

友人ならではの気安い口を叩き、ジェミヤンはほほ笑む。近衛兵時代、いつも三人でいたあの頃が、眼裏に蘇るようだった。気恥ずかしさもあってイヴァンとのことは打ち明けられなかったが、イヴァン同様、ジェミヤンはアレクセイにとって大切な親友でもある。

「君は相変わらず動物が好きなんだね」

ジェミヤンは、傍らにいるヴィールカを見てつぶやいた。

「ほら、いつだったか、宮城内に迷い込んできた野良犬に優しくしてやっていたろ」

「そうだったか？」

「僕はよく覚えているよ。第四皇女が飼っているロシアンブルーを見て、可愛いとも言っていたじゃない」

「……毛の生えている動物を見ていると、何となく心が和むんだ」

「ああ、そうだね。軍隊にいると気を張ってばかりだから」

他愛のない雑談に興じるアレクセイの傍らで、ヴィールカがぴくぴくと耳を動かしている。立ち去ろうとはせず、じっとジェミヤンを観察しているようだ。目つきは、どういうわけだか不機嫌そうにも見える。

「今夜は中将との晩餐会だね。どう、明日の夜、二人きりで飲みに行かない？」

「ああ、行こう。遅い時間になるかもしれないが……」

アレクセイが快く承諾すると、ジェミヤンもほほ笑む。

「そう来なくちゃ。どこに行く？〈マリーネフ〉、それとも〈ルロジェトヴァ〉？」

「相変わらず羽振りがいいんだな」

接待で使うような高級店ばかりを上げられ、アレクセイは苦笑する。帝国屈指の貴族の家に生まれついたこの友人は何につけても一流好みで、口にするものだけではなく、着るものも身につけるものもすべてが高級志向だ。領地の管理や屋敷の維持に汲々《きゅうきゅう》としている貴族も多い中、マシェフスキー家の財源は盤石《ばんじゃく》らしい。

「おっと、そろそろ行かなくちゃ」

向こうで中将が手招いている。ジェミヤンは踵を返し「では明日、楽しみにしているよ。アリョーシャ」と親しげな囁きを残して場をあとにした。

見送るアレクセイの横でヴィールカが、人間でいう眉の部分を寄せて明らかに面白くなさそうな顔をしている。

「どうした。何だその目つきは」

『……』

彼はぷいと横を向く。どうやら、放っておかれたのですねているらしい。アレクセイは肩を竦め、毛の生えた動物をたしなめる。

「友人と話していたらいけないか？　お前にだって、リドニクという友がいるだろう」

『……奴とお前は違う』

いきなり変なことを言い出したヴィールカの頭を撫でてやろうとすると、さっとかわされた。生意気な。そこまでへそを曲げなくてもいいだろうに。

彼は『もう行く』とつぶやいて狼舎へ向かった。その背中に、アレクセイは声をかける。

「ヴィールカ、座学も頑張れよ。お前といつか任務に就くのを楽しみにしているんだからな」

彼は振り向かなかったが、太い尾だけが、ひょい、と上がった。味な返事だ。アレクセイは教練場を横切っていく銀狼の姿を見送りながら、毛が生えていてしっぽがある生き物は皆可愛いものだ、と認識を新たにした。


翌日の午後、山岳地帯へと赴く中将とジェミヤンと大佐一行を見送ってから、アレクセイは通常の軍服から野戦服に着替えた。人狼たちの体術訓練にて、彼らに稽古をつけてやるためだ。

道場へ向かいながら、同行しているニコライが、にこにこ顔でつぶやく。

「気合い充分ですね、閣下」

「そうか？　まあ、稽古をつけるのは久しぶりだからな」

「報告がありましたが、あの人狼……ヴィールカの成績は素晴らしいものですよ。筆記はともかく身体能力は抜群で、体術の講師を打ち負かすところだったそうです」

「〈ヒグマ〉のあだ名を持つ退役兵と競り合ったというのか？　それはすごいな」

アレクセイは素直に感心した。これは今日の手合わせが楽しみだと、意気揚々《いきようよう》と歩幅を大きくする。行くことはあえて通達していないので、こちらの姿を見たら驚くに違いない。ヴィールカの驚き顔を想像すると、何やら胸が弾んでくる。

別棟になっている道場へ向かう道すがら、前方を行く二人の下士官が、のんびりと雑談しているのが聞こえてきた。

「当直が明けたら飲みに行こうぜ。そうそう、いつもの酒場ではなく、六番街の方へ行ってみないか？」

「六番街？　あそこは町で一番いかがわしい界隈《かいわい》だろう。怪しいポン引きや酔っぱらいがたむろして、大の男でも一人じゃ歩きづらいところだぞ」

「だからお前と行こうってんじゃないか。噂で聞いたんだ。見せ物小屋で、狼人間のショーをやっているらしい」

話を聞いた方が失笑を浮かべ「さてはお前、昨夜のウオッカがまだ残っているな？」とからかう。

「そんなものはどうせ、大柄な男が狼の毛皮を被っているだけに決まってるさ。狼人間……人狼なんて、実際にいるわけがないだろう」

「それが違うそうだ。白銀の毛は皮膚から生えているし、鋭い牙も完全に口腔《こうこう》と一体化しているんだとか。謳《うた》い文句によれば、これこそ伝説の人狼だと……」

「お喋りが盛んなようだな」

声をかけると二人は飛び上がり、大慌てで背を反らして敬礼する。アレクセイは、あえて大らかな態度で言ってやった。

「セルゲイ、友人と飲み歩くのもいいが、たまには早く帰って妻との時間を持つようにするんだな。ミハイルもだ。無茶な飲み比べをして、また素っ裸で往来を走るつもりか？　年老いた母君に心配はかけるなよ」

苦笑いで見送ってくれる二人と別れ、通路の角を曲がる。と、ニコライがそっとつぶやいた。

「狼人間だそうですよ、閣下」

「おそらく紛い物だろうな。いないと思っていた方が幸せだろう」

「ふふ、そうですね」

笑いこぼす彼に合わせてほほ笑むと、ニコライが瞬きしながらつぶやいた。

「閣下、何かいいことでもございましたか？」

「いや？　特には何も」

不思議なことを訊く、と相手の顔を見つめる。ニコライはほほ笑んだだけで何も言わなかったが、アレクセイは言われたことを反芻し、自分の胸の裡を見つめてみる。

もしかすると、自分は変わったのかもしれない。以前だったら、あのように雑談している下士官を見かければ「勤務中に弛んだ真似はするな！」とその場で叱りつけていたところだ。

——気負いすぎるな。

いつか聞いたヴィールカの声が脳裏をよぎった。それを実践しているわけではないが、心の片隅をあの言葉が、ほんのりと温めてくれているようなのだ。

強引に、時には暑苦しいくらいの親しみを込めてこちらに接してくるヴィールカとやり取りしているうちに、とげとげしかった心が丸くなってきたのかもしれない。事実、急に肩の力が抜けたことが自分でも分かる。腹の奥底にいる、やたらめったら吼え盛ろうとする獣がなりを潜めたとでも言おうか。

姿を見るなりぶんぶんと尾を振ってくるヴィールカを思い出し、つい口許が緩んだ。彼のあの一直線な性格が、こちらにもいい影響をもたらしてくれているのかもしれない。そうだ、彼の姿を眺めることが、多忙な毎日の安らぎにもなっているのだろう。

道場に入ると、ヒト姿になっている人狼たちが直立で敬礼してくる。野戦服を着た彼らの中には、もちろんヴィールカもいた。彼の白に近い金髪が、濃紺の衣服に実によく映《は》えている。

訓練中だからか生真面目な表情をしていたヴィールカだったが、さっそくこちらに気づき、琥珀色の瞳をぱっと輝かせる。狼姿ならば、耳と尾をぴくぴくさせているはずだ。

予想どおりの反応に、アレクセイは内心で笑んだ。昨日のことでまだむくれているかと思ったが、まったく正直な奴だとまた心がほぐれる。

人間も人狼の兵士も、体術の修得は必須だ。護身技術と、素手でも敵をねじ伏せられるという自信が、戦場では何よりの武器になる。それゆえ帝国陸軍では、東洋柔術と西洋剣戟を融合させた格闘体術を身体に叩き込む。

「アレク、……中佐閣下。お手合わせ願いたい」

誰かと組むよう命じられるなり、ヴィールカがずいと前に進み出てきた。望むところだと、アレクセイはうなずいて相手と向き合う。

「体重がかなり違うだろうが、遠慮は無用だぞ」

「ああ。思いっ切りやらせてもらう」

ヴィールカはさっそく構えの体勢を取り、二メートル近い長軀を使って上から圧するようにこちらを囲い込もうとしてくる。太い両腕は、伸ばされるだけでも威圧感があった。襟を摑まれそうになったがアレクセイは小刻みな足遣いでかわし、そのまま機敏に後ずさる。

「脚も上手く使え。腕よりも届く範囲が大きいし、筋力もあるから効果的な一撃を加えられる」

また上半身を摑んでこようとするヴィールカにそう言ってやると、彼がさっと一歩後退した。

「……ッ、」

来る、と身構えた瞬間、振り上げられた大腿《だいたい》と爪先が唸りを上げて空を切った。

鉄球を縄に繋いで振り回したかのような蹴りだ。防御はしたが、アレクセイのこめかみを足の甲が直撃する。

「ッ！　く……」

一瞬気が遠くなり、アレクセイはその場にうずくまった。聞きしに勝るいい蹴りだ。ぐらぐら揺れる視界に耐えて喘ぐ息をついていると、ヴィールカが「大丈夫か？」と大慌てで膝をついてくる。

「さ、騒ぐな……大したことではない……」

ニコライが向こうから「閣下！」と走り寄って来ようとするのも見えた。心配させまいと立ち上がろうとするが、足に力が入らない。当たりどころがよすぎたらしい。と、ヴィールカががっしと肩を摑み、泡を食ったように叫ぶ。

「アレクセイ！　しっかりするんだ。俺の声が聞こえるか？　苦しいならそう言え。俺が絶対に助けてやる」

その大声が聞こえないわけなかろう——と返したくとも、意識が次第に遠くなっていく。心配のかけ声もまた、大げさ過ぎやしないか。

いつになく狼狽《ろうばい》するヴィールカの顔を見ながら、アレクセイはそのまま気を失った。がっしりと力強い腕に抱き留められたところまでは覚えているものの、それ以上意識を保っていられなかった。


「……ヴィールカか。そこにいるのか？」

彼の気配を察し、アレクセイは室内から外に声をかける。

『……』

返答はなかった。らしくなく気詰まりな思いでいるらしい。アレクセイは小さく息をつき、額に滲んできた汗を拭うと、あえて明るく言った。

「中に入って来い。ただし、ヒト姿でだ。その方が爽快だぞ」

アレクセイがいるのは高官専用のバーニャだ。打撃を受けた身体は安静ののちすぐに回復したので、こうして汗を流しに来た。浴布一枚だけを腰に纏った白い身体に、透明な滴《しずく》が浮いている。

バーニャとは帝国伝統の蒸しサウナで、他の北国のものとは違ってかなり湿度が高くなるのが特徴だ。内部に設置された巨大な暖炉《ペチカ》で炭を燃やし、大量に水をかけて熱気を出す。ここならば気兼ねなく話ができると思ったので、ヴィールカを招いてやった。

ややして扉が開いた。木枠をのっそりと潜《くぐ》り、水蒸気をかき分けて全裸のヴィールカが入って来る。表情は相変わらず、しょげているようなむっつりと落ち込んでいるようなそれだった。

入って来てくれたのはありがたいが、鋼《はがね》のごとき肉体の全貌を目にし、アレクセイはさりげなく息を呑む。

「ま……前は隠せ」

体格に見合った見事な逸物《いちもつ》から顔を逸らし、そのついでに腰を上げて水桶の水を熱源にかける。たちまち水蒸気が噴き出、室内の熱気がいや増した。

木のベンチを勧めると、ヴィールカは黙ってそこに座った。膝に拳を置きじっとまぶたを伏せている相手に、アレクセイは明るい調子で声をかける。

「いつまでも気に病むな。わたしなら、このとおり大丈夫……」

「お前を失うかと思ったら、全身の血が冷えるような心地がした」

いきなり何だ、大げさな——とは笑い飛ばせなかった。ヴィールカの目があまりにも真剣だったから。

顔を上げたヴィールカは、なおも勢い込んで続ける。

「倒れ伏したお前の顔がひどく青白くて、心底恐ろしくなった。俺の蹴りのせいでお前に大怪我させてしまったら、償《つぐな》っても償い切れない。本当に悪かった。あれこれ余計なことを考えすぎていたせいで、力の入れ具合を誤《あやま》った」

「いいんだ、もう謝るな。わたしはそんなに柔《やわ》ではないぞ」

あれこれ余計なこととは？　と訊きたくなったが、真摯に謝罪を述べる彼を、アレクセイは優しく宥めてやった。彼がまさかこんなに落ち込むとは思わず、心配をかけたことが不甲斐なくなる。

言葉どおりまだしょげているヴィールカに向けて、口角を上げてやる。

「ほら、元気を出すんだ。お前がそんな顔をしていると、こちらまで気まずくなってしまうだろう」

そして銀髪をくしゃくしゃと撫でてやる——が、しまった。つい狼姿の時のようにしてしまったが、大男相手にこれはおかしい。

慌てて手を引っ込めるが、ヴィールカはようやく顔を上げてくれた。頭を撫でてやったからだろうか。明るくなった表情にほっとし、アレクセイの頬も緩む。

「よし、これで仲直りだぞ。本当に大したことではなかったんだからな」

握手の手を差し出すと、ヴィールカはきょとんと首を傾げる。

「ああ、すまない。ヴィールカ。人間はこうして、手のひらを交わし敵意がないことを示し合うんだ」

「そうなのか。人間には、いろいろな交流方法があるんだな」

彼は快く受けてくれた。がっしりと力強く握られる感覚に、ようやく互いの間でわだかまりがほどけていく。相手の心を感じ取るには、手のひらも案外有効な箇所なのかもしれない。

「アレク、……中佐閣下。ひとついいか？」

手を離しつつ、ヴィールカはこぼした。どことなく思い詰めたような顔だった。

「何だ」

アレクセイは身構える。まだ屈託があるなら解消してやりたいと、続く言葉を待つ。

「俺もアリョーシャと呼んでいいか？　あの友達の男のように」

「……二人でいる時だけだぞ」

肩からかくっ、と力が抜けた。少し迷ったのだが、なし崩し的に許可を出してしまう。状況の流れに負けたのだ。

ヴィールカが、「やった」といかにも嬉しそうに目を輝かせる。やはり、この人狼といると少々調子が狂うようだ。しかし彼のそういう顔を見ていると、気分としてはあまり悪くならないのが不思議だ。

「ところで、考えていた余計なこととは何だ。悩み事でもあるのか？　ロルカのことか？」

「いや、何でもない。個人的なことだ」

彼にだって胸に抱えていることのひとつやふたつあるだろう。「助けが必要であれば、上官であるわたしに相談してくれ」と言い添え、話題を変える。

「ニコライから聞いたが、毎日鍛錬に励んでいるようだな」

「ああ。皆で競い合いながら身体を動かすのが楽しいんだ。この前は、剣を持って刺突《しとつ》の動きをやった」

身振り手振りで言い表してくれるヴィールカと盛んに話をしつつ、赤々と燃える炭に柄杓《ひしゃく》で水を足す。むっと重い蒸気が充満する中でヴィールカが大きく息をつき、「ふう」と額に滲む汗を拭う。

「バーニャはどうだ？　汗を出すのは心地よいだろう」

「ああ。人間にはたくさん楽しみがあるんだな」

アレクセイは、よく乾かした白樺の枝葉を束ねたものを取り出し、軽く身体を叩いてく。それで血行をよくし、さらなる発汗を促すのだ。

「気持ちがいいな。俺にもやらせてくれ」

白樺を渡すと、意気揚々と背を叩いてくれた。少々痛いが想定内だ。互いの身体から汗が噴き出し、肌に次々としたたり落ちていく。

ヴィールカは、こちらの肩甲骨《けんこうこつ》の辺りにぴた、と手を置きながらつぶやいた。

「きれいな背中だな。すべすべだし、ミルクのような色をしている」

「妙なことを言うな。……おい、叩きすぎだぞ」

「すまん、楽しくてつい。このくらいの力でいいか？　アリョーシャ」

「ああ。ちょうどいい……」

彼は声を明るくし、許可した愛称でさっそく呼んでくる。ひどくくすぐったいものの、こんなに喜んでくれるのならば、まあ、目をつぶることにしよう。アレクセイは傍らの水差しを取り、グラスに水を注いで手渡してやる。

「そういえば……」

礼を言って中身をごくごくと飲み干し、ヴィールカは言った。

「この前、リドニクと夜の町を散歩していたら、不思議なものを見た」

「……無断外出は懲罰房行きだぞ」

聞き捨てならない台詞に眉が寄ったが、ヴィールカは泰然《たいぜん》と続けた。

「リドニクを責めないでくれ。あいつは、俺を歓迎するために町へ連れ出してくれただけなんだ」

旧交を温めるのは悪いことではない。だが、今一度狼舎周辺の警備状況を見直した方がいいかもしれない。アレクセイはやれやれとため息をつき、話の先を問う。

「不思議なものとは何だ」

「酒場の物陰で若い男女が、お互いの口を激しく吸い合っていたんだ。そう、こういう感じで……」

「やめろ。実践してくれなくても分かる」

ごつい手のひらで両肩を抱き寄せられそうになり、アレクセイは慌てて制した。まったく、いきなり何を言い出すのか。ヴィールカは人語は解せても森の中で暮らしていたから、人間社会の営《いとな》みがいまいち理解できていないらしい。

ヴィールカは瞳を真っ直ぐに向け、あくまでも生真面目な表情で質問してくる。

「狼同士、首や鼻面を軽く噛み合うことはあるが、あんな風に唇同士をくっつけることはしない。あれは何だ。そして、どういう意味があるんだ」

言われた内容に途惑《とまど》い、教え方に悩み、いくつか空咳をしたのち、アレクセイはようやく口を開いた。

「あれは……接吻《せっぷん》だ」

暑さではないもので赤らんでしまった頬を感じながら、説明する。これも、人狼を部下に持つ上官の務め（？）だと己に言い聞かせつつ。

「自分の唇を相手の唇につけることで、深い愛情の気持ちを表すんだ。狼同士でも、鼻先や顔を相手にすり付けて親愛の情を表しているだろう。人間は、あれを唇で行っているんだ」

「なぜ唇なんだ」

「……おそらく本能的なものだ。生まれたばかりの赤子は、何でも口に入れてものの感触を確かめるだろう。それと似ている。唇は粘膜だから、敏感な箇所でもあるし」

「なるほど。小さい頃のロルカもそういえば、何でも噛んだり舐めたりしていたな」

かなり適当な自説だが、ヴィールカは興味深そうにうなずく。

「ということは、人間にも、わずかながら野性が残っているということか？」

「そうかもしれない。生き物の本能のようなものなのだろう。愛しい相手に触れたい、その感触を味わいたいという気持ちは、理屈ではないからな」

「ふむ、そうか。そういったやり方で、人間は愛情を表現するのか……」

妙な話をしているせいで身体が熱くなってきた。アレクセイは汗を拭い、今すぐにでも〈講義〉

を実践したいような顔をしている相手をたしなめる。

「そう簡単にするものではないぞ。尊敬を伝えるために頬や手の甲に口づけることもあるが、唇をぴったりと交わすのは、心から愛おしいと思った相手だけだ」

「――そうか。〈心から愛おしいと思った相手〉か……」

ヴィールカは、何やら考え深そうな目を中空に巡らす。アレクセイは顔を拭った浴布でさりげなく扇ぎ、火照《ほて》った頬に風を当てた。まったく、こんなことを裸のままで説明するとは思わなかった。服を着ていても赤面する話題なのに。

ヴィールカはなおも質問してくる。

「さっきの、物陰で接吻していた若い男女だが、あとから別の女がやって来て、思うさま男をのしり尻を蹴飛ばしていた。リドニク曰く、男の女房か恋人だろうと。狼もそうだが、人間も、つがう相手は一度に一人なのか？」

つがう、とは何とも直截な言い方だ。しかしアレクセイは開き直り、赤い顔のままで大きくうなずいてやる。

「ああ、そうだ。心を捧げ、愛情を分かち合い慈《いつく》しむ相手は、生涯ただ一人だ。そう思える相手に巡り逢えたなら、きっと幸せだろうと思う。中には相手構わず乱倫に耽ることを愉しみとしている者もいるが、それはごく一部に過ぎない」

「お前はどうなんだ、アリョーシャ」

「……何？」

唐突すぎる問いをぶつけられ、アレクセイは瞬きする。

「つがいになっている相手はいるのか？」

燃えるような琥珀色の瞳。いつかアレクセイを釘付けにしたその瞳が、真っ直ぐにこちらを射貫いてくる。

「い、いないが……」

出任せも方便も何も思いつかず、ただそのまま答えた。目が逸らせない。琥珀の中に閉じこめられてしまったかのようだ。

「そうか……よかった」

ヴィールカはほっと安堵し、こちらの途惑いをよそに続ける。

「アリョーシャ、お前は魅力的だ。だから、とっくに誰かのものになっているんじゃないかと、気が気じゃなかった。……まあ、その場合は、決闘してでも奪い取るつもりだったが」

一体何を言い出すのかとうろたえていると、相手がさらにずい、と迫ってくる。

「アリョーシャ」

低い声で名前を呼ばれ、身の裡がぶるっとおののいた。

「俺はお前を見ていると、胸がかき乱される心地になる。いつからかは分からないが、気づいた時にはそうなっていた。お前のことを考えるとこの辺りに熱く狂おしいものが生まれて、それに飲み込まれてしまいそうになるんだ」

彼が肉厚の胸板に手を当てながら、こちらを強く見つめてくる。さっき以上に、目が、逸らせない。

「発情期がきて盛る時とも似ているが、身体以上に、心が燃え立つような心地になる。交わりたいという欲望よりも、もっと熱い感情が兆《きざ》してくるんだ」

と、アレクセイは〈それ〉に気がついて仰天《ぎょうてん》した。ヴィールカが腰に巻いた浴布が、目を見張るほど盛り上がっている。

「な、何を……」

本能的に後ずさるが、背後は壁だ。逃げ場はない。眼前には、発情した獣の目。焰《ほのお》を宿した金色の瞳が、こちらを灼き尽くさんばかりに見つめてくる。

「この感情を何と言うかは、俺は知らない……だから、アリョーシャ……俺はお前に、こうして想いを伝える」

瞬間、両肩を押さえ込まれた。逃げる間もなく木のベンチに押し倒され、強引に唇を塞がれる。

「ン、んんッ……！」

アレクセイは喉奥で呻《うめ》いた。ヴィールカは獲物の肉を咀嚼《そしゃく》するがごとく、唇を繰り返し食《は》みながら全身でのしかかってくる。技巧も何もなく、まるでこちらを喰らい尽くしてくるかのようだ。だがその分、これ以上ないくらいに滾《たぎ》る熱情が伝わってくる。

「んんッ、んーッ……！」

ぬるりと入り込んできた分厚い舌で舌根を吸われ、呼吸までも奪われてしまう。手首を取られて口腔を思うさまかき回され、苦しさと汗の塩辛さに目の前が霞《かす》む。

「ッ、は……！　はぁッ、はぁ、ッ……！」

どれだけそれが続いただろう、ようやく唇が離され、アレクセイは酸素を求めて胸を喘がせた。しかし両手首を縫い止めている手はびくともせず、身体をよじっても、筋肉の鎧《よろい》のような半身に上から強く押さえ込まれてしまう。

「は、離すんだ、ヴィールカ……」

「アリョーシャ……好きだ。俺は、お前が好きなんだ」

その言葉が心臓に食い込んでき、アレクセイは息を呑む。

「ロルカを助けてくれたことで、お前に惹《ひ》かれた。高潔な内面だけでなく、身姿や、匂いも好きだ。それを嗅ぐだけでもたまらない。身体に触れたい、肌を味わいたいとも強く思っている」

激しく硬起したものが、腿にすり付けられる。熱さと大きさに恐れをなし、アレクセイは必死にもがく。

「ヴィールカ、お前の気持ちはよく分かった。だから、もうよすんだ。こんな、こんなことはするべきでは……」

「アリョーシャ、見ろ。俺を見てくれ」

無意識に視線を逸らしていたことを指摘され、アレクセイは言われるがままに恐る恐る、自分の手首を摑んで離さない男の目を見上げる。

と、こちらを射貫いてくるヴィールカの瞳に、この場にはそぐわない哀れみが滲んでいるのが見て取れた。不可解なそれに釘付けになっていると——

「アリョーシャ、お前はいつも、たった一人で頑張っているだろう。決して弱音を吐かず、苦しさも辛さも押し殺しているのが、狼の感覚で感じ取れるんだ。常に自分を律し、必死で強がっているお前から、目が離せなくなるんだ」

「ッ、……！」

誰にも打ち明けず、誰にも気取られないよう押し隠していた脆弱《ぜいじゃく》な部分を、身勝手に暴かれた気がした。紫眼に怒りを込めてキッと相手を見据えるが、その分だけ、両の手首をさらに強く押さえ込まれる。

「だから俺は、そんなお前の誰よりもそばにいたいし、お前の支えになりたいとも思う。理屈じゃないんだ。心がそう叫んでいる。お前を……求めている」

再び燃え始める黄金色の瞳が、首筋や胸肌を舐めていく。やがてヴィールカは身を屈め、したたる汗の香を嗅ぎ始めた。胸板をくすぐっていく彼の濡れた前髪の感触に、素肌がぞくぞくと粟立つ。

「や、やめ……」

その感覚を逃そうと上体をよじっていると、そこに息づく桃色の粒を、舌でちろりとくすぐられた。

「あ、ッ……」

舐められた箇所から妖《あや》しいおののきが広がった。生まれて初めての刺激に、アレクセイは思わず声を上擦らせる。こんな、猫が甘えるような声を人前で発したのもまた、初めてのことだった。

イヴァンとは、肌を交わすところまでは至らなかった。そういう気持ちはもちろんあったが、優しく口づけ合い、会話によって心を慰撫し、指と指を親密に絡め合うだけで、穏やかな安らぎを感じられたからだ。

性急な十代とは違うのだ。焦らずとも、果実が熟すようにいつかその機会が訪れるものと、お互いに胸の奥で信じ合っていた。もちろん、永遠の別れが来ることなど考えもせず——

アレクセイの狼狽をよそにヴィールカは、ほう、と感嘆の吐息をこぼしながらふたつの肉粒を

見つめる。

「すごくきれいな色だ……舐めて味わいたくなる」

「や……やめ、……ぁ、あっ……」

言葉どおりのことをされた。アレクセイは必死で身をよじるが、ヴィールカは捕らえた胸の粒から舌を離そうとしない。乳嘴《にゅうし》ごと食まれ、しこった部分を執拗に舐め回してくる。

脱衣所を挟んだ待合いにはニコライが控えているので、大声で叫べば助けを求められたかもしれない。だが、そんな単純なことにも気づかないくらい動転していたし、何よりも、このような恥ずかしい姿を人前に晒すわけにはいかなかった。

ヴィールカは、ざらついた舌でこってりと粒をまろび転がす。味なんて何もないだろうに、まるで飴玉でも賞味するかのように、とくと胸の粒を舐めては吸い立ててくる。その部分からじわりと熱が広がり、身体の芯がぐずぐずと煮溶かされていく。

「ぁ、や、ぃや……」

他人から与えられた快感の鋭さにうろたえ、アレクセイは頭を打ち振った。突如として叩き込まれた淫熱の坩堝《るつぼ》はあまりにも容赦なく、我を失ってしまいそうな恐怖に背筋がおののいてしまう。

しかし肉体は正直だった。胸を伝って降りていった刺激は、脚の中心へと真っ直ぐに送り込まれていく。己の雄茎が頭をもたげているのを感じ、アレクセイはかっと頬を染めた。

揉み合ううちに浴布がずれ、互いのそこは剝き出しになっていた。アレクセイはもちろんのこと、ヴィールカの雄も激しく屹立して、先端に血色を漲らせている。その大きく雄々しいことといったら、軍隊生活で男の裸体など見慣れているはずのアレクセイでも驚愕するほどだった。股間で野獣が猛るかのようだ。

「はぅ、はァ……はァ……」

「ぁ、やっ……あ、ぁ……」

ヴィールカは呻き、呼吸を荒らげながら胸の粒をねぶり回す。強靱《きょうじん》な舌でいじられ続けたそこは、熱を持って痛いくらいだ。アレクセイはなすすべもなく、舌での恥辱に耐える。

ヴィールカは頭の上でアレクセイの手首をひとまとめにすると、腰にしつこく引っかかっていた浴布をはぎ取った。生まれたままの赤裸になり、広げたアレクセイの両脚の間にぐいと割り入ってくる。

「ここでなら……同性でも繫がり合えるか?」

「や、やめ……」

相手の視線が後孔に注がれているのを察し、声がかすれて震える。身を竦めていると、ヴィールカは中指を咥えて唾液で湿らせた。彼はそして大きな手のひらで、広げた太腿の裏を辿っていく。

その指先が尻たぶの狭間《はざま》に到達しようとした刹那《せつな》、恐怖が頂点に達し、アレクセイは叫んだ。

「そ……れ以上はやめろ！　上官命令だ！」

息も絶え絶えに訴える。命令というよりは懇願のような有り様だった。だが、日々の鍛錬が身に染みついているのか、ヴィールカはぴたと動きを止めた。手首も、ようやく自由にしてくれる。

しかし、

「ふぅっ、ふーっ……」

彼の呼気が荒い。厚い胸が鞴《ふいご》のように上下している。アレクセイも、同じくらい激しく胸を喘がせていた。身に絡みつく快感と充満する蒸気の熱とで、頭まで茹だってしまいそうだった。

「……ここでやめていいのか？」

先端を潤ませているアレクセイの雄茎を見、ヴィールカがつぶやく。彼のそれもはちきれそうになっていた。お互い、一向に萎《な》える気配はない。

「……、」

理性に反する身体が恨めしい。目許までを羞恥に赤く染め、アレクセイは顔を背けた。と、ヴィールカが巨体でのしかかってき、硬起している二本のものをまとめて摑む。

「あ、ッ……！」

そのまま握り込まれ、アレクセイはびくりと背をしならせた。熱く固い手のひらが、張り詰めに張り詰めた幹をゆっくりとしごき立てていく。直接的な刺激が身体の焔を煽り、腰奥に宿る疼《うず》きがさらに増幅する。

「ひぅ、……ぁ、あぁ……」

押しつけられた肉柱の感触と、自分のものではない分厚い手のひら。それらがもたらす未知の熱に、身体がずぶずぶと支配されてゆく。

「ぁ、やン……あぁ……」

幹のくびれを小刻みに擦られ、正直に腰が跳ねた。その反応を見たヴィールカは、「ここか？」と弱い箇所を集中的に狙い始める。

「ひぁ！　あ、あぁっ……！」

敏感な突先をしごかれ、細腰がいやらしくくねった。アレクセイの理性とは裏腹に、もっと、とはしたなくねだるかのように。先端からじわりと滲み出す雫も、さらに量を増していくのを感じる。

「は、ッ……はぁッ……ア、リョーシャ、っ……」

手の動きに合わせて腰も振りたくり、ヴィールカは雄茎を二重に刺激してくる。手の中からぬちぬちと卑猥《ひわい》な音が立ち、太い幹から生まれた摩擦熱が、いやが上にも悦楽をかき立てていく。

「はぁ、はぅ……」

彼の肉体が発する熱気と汗、それに溺《おぼ》れてしまいそうだ。ヴィールカの肌から流れ落ちた汗が、アレクセイの胸許で弾ける。髪の根までもぐっしょりと汗に濡れ、眦《まなじり》に入り込んで視界を滲ませる。その時だった。ヴィールカがさらにのしかかってき、喘ぐアレクセイの唇をめちゃくちゃに食んでくる。

「んんッ、んぅ……」

「ふぅっ、ふー……ッ……」

熱い舌を絡め、吸い、獲物の骨の髄をすするがごとく口づけで蹂躙《じゅうりん》してくる。さらには首筋の汗を舐め取られ、アレクセイは息も絶え絶えに呻いた。快感に潤み切った身体には、その舌の感触すらもみだらな刺激になってしまう。

「……だ、好きだ。アリョーシャ」

熱を孕《はら》んだ声で、ヴィールカは囁いた。

「こうしたいと思った人間はお前だけなんだ。こんなに俺を発情させるのは、アリョーシャ、お前だけなんだ……ッ……！」

「あ、あぁっ……！」

アレクセイは思い切りのけぞった。ヴィールカの想いを表してか、手の筒がぎゅうと狭まり、ますますきつくしごき立てられたからだ。

「ッ、あ、あぁッ……！」

擦られるたびに下腹で熱塊がせり上がり、解放を求めて荒れ狂う。頂点に向かって一気に駆け上がったそれが、背筋を貫き炸裂した。

「や、ッ……あ、はァッ……！」

熱いものがどくりと爆《は》ぜ、白濁が飛び散る。ヴィールカも低く呻いて胴震いし、互いの肌の上に大量の熱液を迸らせた。

「はぁ、はぁ……アリョーシャ……」

頂点を極めたあとも、ヴィールカはこちらを離すまいと固く抱きしめてくる。放埒《ほうらつ》の余韻で起き上がることもできず、アレクセイは、身体を投げ出しされるがままになった。耳の中では、注ぎ込まれたヴィールカの熱い呼気がわんわんと渦を巻いている。

朦朧《もうろう》とする頭のせいで視界が霞み、アレクセイのまぶたが重く降り始める。白く濁った意識はそして、ゆっくりと溶暗《ようあん》していった。


書類仕事の手を止め、アレクセイはひとつため息をついた。袖口から覗く手首、そこに今も残っている赤い痣《あざ》が目に入ったからだ。

軍服の下に着ているシャツの袖を伸ばし、軽くかぶりを振る。だがそうしたとて、昨日の痴態も、耳に熱く吹き込まれた熱情も、とても消え去るものではない。

――好きだ。アリョーシャ。こうしたいと思った人間は、お前だけなんだ……！

胸が甘苦しく締めつけられ、アレクセイは卓に拳を置いてうつむいた。

男同士でもそういう気持ちが生まれるのはよく分かる。だが、あまりにも唐突な求愛に頭がついていかない。しかも、相手は人狼だ。人間ではない種族から恋情を伝えられ、それをすぐさま受け入れられるわけがない。

だが……とアレクセイは、ひとつ息を吸う。執務室で一人きりであるということから、己の胸にある本心と、目を逸らさずに向き合ってみる。ヴィールカのことを、好ましいと思ってはいるのだ――と。

（ああ。……）

いっそ嘆きたいような気持ちになって、アレクセイは卓上でうなだれた。

ヴィールカの、ぐいぐいと己の調子に巻き込んでくるところには閉口させられるが、その率直さは美徳だ。時折見せる親としての表情にも惹きつけられるし、剛毅な性格も頼もしい。飾らずに心情を伝えてきてくれるところも、そのまま真っ直ぐにアレクセイの心を響かせてくれる。そんな彼と接するひとときを、今では素直に心地いいとすら感じているくらいだ。

だが……。

何かが、アレクセイの心をわし摑みにして引き留めようとする。

それはふと胸の裡に入り込んでは、アレクセイを尻込みさせ不安に落とし込む小さな悪魔だ。イヴァンを喪《うしな》って以来、この厄介な魔物は、身の裡にしつこく巣食い続けては何かにつけて心を脅かしてくるのだ。

——常に自分を律し、必死で強がっているお前から、目が離せなくなるんだ……。

彼の声がまた耳の奥でこだまし、アレクセイは唇を嚙む。悔しかった。力で裸身を嬲《なぶ》られたことよりも、内心を言い当てられた恥辱の方が勝った。

ヴィールカが指摘したとおり、自分は、周囲が思っているほど強い人間ではない。臆病な心を押し隠したいがあまり、ただひたすら己に鞭《むち》を打ち続けているだけの、気弱で情けない人間なのだ。

鋼の仮面の下に隠した脆弱な心が、潰れそうに痛む。自分すら持て余しているそれを、いっそどこかに放り捨ててしまいたい。そうすれば、これほどみっともなく気持ちを揺らすことなどないはずなのに——

「……、」

重く落ち込んだ胸の裡を吐き出すかのように、アレクセイは再びため息をついた。この煩悶《はんもん》のせいで、昨夜のジェミヤンとの会食も上の空だったような気がする。

ジェミヤンは今朝方、中将と共に西方軍に向けて帰還して行った。別れ際、非礼を咎めることなく握手を求められたのがいたたまれず、本当に申し訳ない気持ちに駆られた。今度は自分から誘おうと、アレクセイは胸の一隅《いちぐう》に留める。

「閣下、失礼いたします」

その時ニコライが、一人の兵士を先導して来た。アレクセイはきりりと表情を引き締め、〈中佐〉の顔で相手と向かい合う。

入室して来た兵士はおろおろと、明らかに平静を失った様子で説明し始めた。

「ぐ、軍曹が……軍曹が……」

「落ち着け。何があった？」

冷静な声に相手はひとつ息を吸い、言った。

「宿舎の裏で死んでいます。おそらく、狼に嚙み殺されたかと……」

「何だと？」

驚愕もそのままにすぐさま現場に赴くと、下士官宿舎の裏の雪だまり、そこに遺体が転がっていた。様相を見、アレクセイは戦慄《せんりつ》する。

「……！」

仰向けにされた顔は、ほとんど原型を留めていなかった。顔から喉、胸までが引き裂かれて赤い血肉が露出している。喰うためではなく、ただ嚙みたいだけ嚙み引き裂いたというような裂傷が、半身をむごたらしく覆っていた。

無惨《むざん》すぎる死に様に、総身がぞっと粟立つ。

「これは……一体どうしたことだ」

報告によると、見回りの兵士が半時間ほど前、積もった雪面に不自然な盛り上がりを見つけて発見に至ったらしい。確かに、昨夜から今朝方に降った雪が、遺体と血の跡をすっかり覆い隠していた。その周囲にごくわずかに散る、狼のものらしき足跡も。

全兵士を宿舎で待機させるように指示を出していると、呼ばれた軍医と医療班が到着した。担架を広げ、遺体を慎重にかつぎ上げる。

と、その下で何か光るものが見えた。アレクセイははっとし、周囲の視線を盗んで拾い上げる。

(これは……)

小さな金属を素早く軍服の隠しに収め、何食わぬ顔を作って周囲に状況を訊いて回る。

「……昨夜は非番だったので、一人で出歩いていたようです」

軍曹の部下である伍長を執務室に呼び、詳しく話を聞く。

「夜の九時頃、軍曹が立ち寄った酒場で飲んでいた隊員の証言によると、酌婦につれなくされて、腹立ち顔で店を出て行ったと」

軍医の見立てによれば、軍曹が殺害された時刻はそれから小一時間ほどあとのことだそうだ。では、酒場から真っ直ぐ宿舎に戻る途中で、狼に襲われたということか？

アレクセイは思い出す。時間帯からすると、ちょうどジェミヤンと会食から帰って来た頃だ。昨夜は二人、駐屯地の通用門を通って司令部付近まで並んで歩き、そこで別れたのちはアレクセイは自分の官舎に、ジェミヤンは来客用の宿舎に戻った。あの時、特に不審な物音や叫び声などは聞こえなかったが……。

狼舎番に訊いてみたところによると、昨夜狼舎から抜け出した狼はいないらしい。まあ、ヴィールカたちのようにそこらをこっそり徘徊する不良狼もいるようだから、話を鵜呑《うの》みにするのも危ないのだが。

しかし彼ら狼部隊には、軍曹を攻撃する理由がない。狼舎と教練場は高い塀で囲まれており、高官以外は許可を受けた兵士でなければ中に入れないから、顔を合わせたこともないはずだ。もちろん、出合い頭《がしら》に人間を襲うほど彼らは凶悪ではない。

では、駐屯地内に野生の狼が紛れ込んで来たのだろうか？　事実、遺体の周囲にごくうっすらと残っていた狼の足跡は、宿舎裏の金網までの間を往復していた。

だが狼は本来、人間を恐れるものだ。家畜などを狙うことから害獣であるという印象があるが、人を襲ったという事例はごくごく少ない。北方軍へ上げられる獣害報告も、狼によるものはここ十年ほど見受けられない。

軍曹はあまり素行のよくない男だが、殺されるほどの恨みは買っていないはずだと伍長は証言した。夜間の巡視を強化し、しばらくは外出を制限するように、と伝え、彼を退出させる。

「……、」

他の者たちにも訊くべきことを訊いたのち、アレクセイは執務室に一人籠もった。ニコライをも控えの間に下がらせ、卓上で指を組んでじっとうつむく。しばしそうしていたが、やがて立ち上がり、落ち着かない気持ちを抱えて室内をうろうろと動き回る。

窓辺に立ち、軍服の上から隠しを押さえる。そこに入れたものの固い質感を手のひらに感じ、無意識に唇を噛んだ。己の想像が当たっていれば、これは非常にまずいことに——

と、慌ただしいノックの音がした。

「閣下、非常事態です」

「今度は何だ」

また何か起こったようだ。入室して来たニコライが、緊迫した面持ちで答える。

「隣国の大使館から緊急伝令です。我が帝国大使のご令息が、ガヴィク人たちに誘拐されたと」

ガヴィク人は、ザリャスヴェートルイ山脈に古くから住む少数民族だ。

しかし、近年は生活難から山賊化し、峠越えをする旅人を襲っては金品を奪い、時には命までも狙ってくる危険極まりない集団になり果てている。

ヴニク連邦が保護を申し出ているがそれを拒むので、やむを得ず山脈付近に自治区を与えている。しかし賊らはそこに留まらず、帝国内へも不法侵入してきて農産物や家畜を狙うのだ。時には、人買い商人に売り飛ばすため、若い娘や小さな子供までを攫《さら》おうとする。シトゥカトゥールカの町でも被害が報告されており、北方軍でも取り締まりに力を入れている。

「……そのガヴィク人らが、隣国連邦内にある帝国大使館の大使令息を、誘拐したと言うのだな」

軍曹殺害事件はいったん保留とし、司令部内に設けた対策本部に将校らが集まる。休日のところ駆けつけて来たゲオルギエフスキー大佐の重々しいつぶやきを受け、アレクセイは報告していく。

「郊外へお忍びで遠駆けしていた際に攫われた模様です。今朝方、大使館宛てに莫大な身代金が要求されたことで発覚しました。ガヴィク人はこれまでにも、連邦の要人を狙って誘拐事件を繰り返していましたが、今回は帝国の人間に目を付けたようです」

大佐は拳で机を叩き、怒声を強めた。

「賊どもの言いなりに金を払うわけにはいかん。その前に人質を救出するのだ。ご令息が監禁されている場所を、急ぎ割り出さねば」

ガヴィク人自治区に探査班を、と言いかけた大佐に、アレクセイはさらに言い重ねる。

「連邦の首都内にもガヴィク人のアジトがあります。連邦警察がそこに攻め入ったところ、人質は発見できませんでしたが、敵を何人か拘束したと。尋問で得られた情報によれば、敵は人質を必ず〈狼の巣〉に監禁するそうです」

「〈狼の巣〉？」

アレクセイは、両国の間に跨《また》がる山脈の詳細図を取り出す。

「ザリャスヴェートルイ山脈内にある、ガヴィク人のアジトです。崖の上にある岩山を掘り抜いて作った砦《とりで》で、外から破られることはまずないと」

「そんな堅固な砦を山中に築いたというのか？　うぬ、奴らはかつて〈狼の民〉とも呼ばれていたからな。詳しい場所は？」

敵の複数から聞き出して精査したという場所を、アレクセイは指し示す。そこは、北方軍からは直線距離にして二十数キロ、山脈の最も険しい尾根を越えた、深い山と崖に囲まれた一帯だ。もちろんその名のとおり、狼の生息地でもある。

「砦の前方には深い渓谷があり、橋を架けなければ通行できなくなっています。後方は垂直に切り立った崖。まさに天然の要塞です」

大佐は砦のスケッチと地図とを交互に睨む。「奴らめ」と呻き、そして言い放った。

「この際だ、人質を救出し、連中を一網打尽《いちもうだじん》にしてやる。こちらとて山を知り尽くした猛者《もさ》揃いだ。冬山に北方軍の敵などいない。そうだな、中佐？」

「はっ」

アレクセイは胸を張った。大佐はそして、さっそく提言する。

「奴らの砦は山奥だ。よし、狼部隊を出動させよう」

「狼部隊を？」

「左様。今回の作戦には、他でもない狼たちの力が必要だ」

大佐は地図を指し、作戦内容を指示していく。アレクセイら他の高官も意見を出して細部を詰め、人質の救出と合わせて砦を陥落させるべく計画立てていく。

そして手札は揃った。歴戦の猛将は口髭の下でニヤリと笑い、不敵に言い放った。

「全隊に連絡しろ。雪遊びよりももっと愉快なことをさせてやるとな」

膝までの積雪をかき分け、隊列は道なき斜面を登っていく。脇には、引き連れている狼たち。いつも目にしている山だが、立ち入ってみれば見通せないほど深い森だ。

冬山に紛れる白い防寒着を着たアレクセイは、重装備を背負う兵士らを率い、小規模な班に分かれて目的の地点を目指す。作戦開始時間まで、あと四時間。待機場所まではあと数キロだ。

「中佐閣下、あれです」

斥候《せっこう》にやっていた兵士が、息を弾ませてアレクセイのもとにやって来た。双眼鏡を取り出し、木々の間から彼が示す先を見定める。

「……！」

はっと息を詰める。最初は、ただの岩山にしか見えなかった。足場もほとんどない、切り立った岸壁。だが、それのあちこちに穿《うが》たれた四角い空気坑を見、賊どもの砦――〈狼の巣〉の全貌を把握して思わず目を見張る。

想像に勝る規模だ。坑の数や並びの間隔からすると内部は三層構造、高さは見上げるほどもある。おそらく岸壁を掘り込んでいったのだろうが、いったいどれほどの時間をかけたものか、まさに、攻略の手を阻《はば》む驚異の要塞だ。

全班を砦の手前一キロまで進ませ、分散させて雪中に潜ませる。アレクセイは副官を伴い、立ち木の陰に身を潜ませて砦を偵察する。

双眼鏡越しに目を凝《こ》らせば、砦の手前、樹木に紛れるようにして組んだ櫓《やぐら》の上で、銃剣をかついだ見張りが周囲に監視の目を光らせていた。その下には、敵の侵入を許さぬ険しい渓谷。天然のものを掘削したようで、想像より幅が広く、そして深い。

アレクセイは口許を引き締めた。ここをまず越えることが、作戦成功へ向けての一歩となる。それには第一に、狼部隊の動きが重要になってくる。

計画はこうだ。敵は、まさか人間が翼もなしに深い渓谷を飛び越えてくるなどとは思いもしないだろう。だからその盲点を突き、先発の狼部隊に渓谷を飛び越えさせて攻撃させる。つまり、狼たちの脚力を利用して、敵陣に奇襲をかけるのだ。

突如攻め入られて混乱する賊たちを、今度は、後発であるアレクセイの部隊が追撃する。さらには、砦の背後である崖に潜ませていた北方軍の山岳特殊部隊も、同時に内部へと攻撃をかける。つまりは、賊たちを砦の前後から挟み撃ちにするのだ。

大佐率いる山岳部隊は先に、帝国海軍の支援を受けて、山脈の北端である海側から現地へと向かっている。国内最強、いや、大陸最強と謳われる山岳部隊なら、山を登り険しい崖でも難なく登攀《とうはん》してくれることだろう。

これ以上近づくと長銃の射程距離内に入ってしまうので、アレクセイは副官に指示してすみやかに退く。すると、

「閣下、伝令です」

雪を分けて一頭の狼がやって来た。山岳部隊が伝書鳩代わりに連れて行った狼だ。頭を撫でてねぎらってやり、首に巻いた細革に取り付けられた鉄筒、それを開けて通信文を取り出す。

大佐の署名入りの一報だった。作戦どおり待機場所に着いたと。アレクセイも急ぎ返信し、また狼に託してやる。

報告文には、砦内部の簡単な地図もしたためられていた。山岳部隊の偵察班が作成したものだ。中の大まかな間取りや、配置人数も記されている。数ではこちらが優勢なようだ。もちろん、油断はできないが。

砦に備えられている武器庫、その内に収められた銃器類についても書き添えられている。それを見て、アレクセイは顔をしかめた。一般人には到底揃えられないような大砲や銃火器類が、ずらりと並んでいたからだ。

賊たちは連邦国内で誘拐事件を繰り返しているが、せしめた身代金だけでこれだけの銃器を揃えられるものだろうか？　武器の購入は闇商人を使っているとしても、どこかに大きな資金源がないと調達は難しいはずだが……。

作戦を実行する日没まで全班に待機を命じ、アレクセイもまた、目立たない野戦用の天幕を張ってそこに座する。しかし落ち着けるものではなく、木の陰から一人、口許を引き結んで砦を睨む。

幾度も深呼吸し、波立つ気持ちを鎮めようとする。だが、砦の規模や、そこで迎え撃つだろう敵を眼裏に思い描くと、寒さではない震えが身を襲った。

（軟弱者め）

そう己を叱咤するも、内心のおののきは収まらない。今まで幾度も修羅場《しゅらば》はくぐり抜けてきているが、作戦前のこの息詰まるような緊張に、耐性はつき難いものだ。

狼部隊と自分の部隊とを率いる重責が、今さらながらに肩にのしかかってくる。ここまでは順調だが、無論、失敗は許されない。何よりも、人命がかかっているのだという重圧が、ひしひしと心を押さえつけてくる。

丹田《たんでん》に力を込めて精神の集中を計っていると、そばでふと気配がした。見れば、いつの間にやって来たのか、白銀の狼が前肢を揃えてこちらを見上げている。

ヴィールカだった。他の地点で待機している狼部隊から抜け出て来たらしい。

いつものように尾を振り見上げてくる姿に、意識せず心が和んだ。が、反射的にバーニャでの一件も思い浮かんで、頬がかっと火照る。

彼はこちらが何か言う前に、ひと言だけ言った。

『先日はすまなかったな』

それを伝えたくてわざわざ来たらしい。アレクセイは相手の気持ちを汲《く》み、余計な回想は排して返した。

「もう気にしていない。だから、何も言うな」

少しでも言葉を交わしたことで、わずかながら互いの緊張が解ける。彼が狼姿でいることが幸いした。ヒト姿でいたら、思い切り意識してしまっていたかもしれない。

ずっと気まずいままではいたくなかったから、彼の謝罪を受け入れようという気持ちは、アレクセイの中から自然と湧き上がってきた。だが、彼の気持ちを受け止めることについては、また別の話だ。

アレクセイは、とりあえずこの場では指揮官の顔を作り、相手に言ってやる。

「あまりうろつくな。体力を温存しておけ」

ヴィールカはうなずいたが、待機場所には戻らず、天幕を潜ってそばに寄って来た。彼は今日の作戦において、狼部隊の副隊長を務めている。またいつかのように状況を楽観視しているわけではあるまいが、態度は実に落ち着き払ったものだった。

その姿を見、意識して、深い呼吸を心がける。ヴィールカを見習って、自分も冷静にならなければならない。そうだ、軍人ならば臆する場面ではないと、己の気弱な心をきつく叱咤する。

（……強く、なりたい……）

そう、何に怯えることもなく、何ものにも決して動じないような、強い人間になりたい。そうすれば、小心な己を疎ましく思うこともなくなるのに――

『また、一人で険しい顔をしているんだな』

こちらをじっと見上げ、ヴィールカはつぶやく。

『やはり様子を見に来てよかった。ほら、好きなだけ撫でろ』

そう一方的に言うと、うろたえるこちらにも構わず強引に懐に入り込んでくる。

『毛の生えた動物で心が和むんだろう。前にも言ったが、敵陣に攻め入る前は緊張をほぐすことだ』

言われるがまま、厚い被毛を纏った胴に腕を回してみる。軍服越しでも柔らかく、温かい。

内心で感触に浸りつつ、アレクセイは目尻を下げてぼやく。

「そんなことを言って、自分がくっついていたいだけなんじゃないか？」

『そうかもしれないな。でもまあ、いいじゃないか』

大らかな声に頬が緩み、心の強張りが解ける。例によって遠慮なくすり寄ってくるヴィールカを片腕で抱きかかえ、毛並みの下に指を滑り込ませる。

こうして触れたいと思うのは、ヴィールカだけだ。彼はやはり自分にとって特別な存在なのだと、アレクセイは胸の奥を苦しくさせた。

「ヴィールカ、やるべきことは頭に入っているんだろうな？」

『ああ。リドニクと協力して成し遂げてみせるさ』

ヴィールカの任務は、先陣を切る狼部隊の先頭に立ち、リドニクと共に敵を威嚇《いかく》することだ。それを改めて思い返し、アレクセイの胸は重苦しい不安に包まれる。

要するに、彼に鉄砲玉になれと言っているようなものだ。敵を攪乱《かくらん》して引きつけるなど、命知らずでなければできない。相手は銃を持っているのだし、いくら狼の身体能力が優れていたとしても、危険極まりない。

よりにもよって初陣がこれとは、とアレクセイはヴィールカの身を案じる。しかし彼を危険な任務に就かせたくないというのは、軍人として卑しむべき甘えだ。自分を含め、皆が恐れを押してここにいるのだから。だが、ああ、内心での嘆きは抑え難かった。

「……」

心が千々《ちぢ》に乱れ、彼にかけてやる言葉が容易に見つからない。もどかしいその気持ちのまま、アレクセイは白銀の毛並みを繰り返し撫でさすってやる。

もし、彼が傷を負ったら。取り返しのつかない大怪我でもしたら。最悪の場合、そう、イヴァンのように、彼を失ってしまうようなことがあったら。この温かな身体に血が通わなくなってしまったら――

心臓が冷え、おののく。爆ぜるように広がった震えが全身を覆い、指先までをそそけ立たせる。アレクセイはうつむいた。まさに作戦の現場にいるからだろうか、名状し難い恐怖にとらわれ、呼吸すら浅くなってしまう。

『……怖いのか？　中佐閣下』

止まってしまった指から察してか、ヴィールカが問うてくる。「そんなわけはない」と反射的に言い放つが、もちろん本心は違っていた。

想像だけでこうも震えてしまうとはと、己の弱い心が恨めしくなる。何ものをも撥ね返す、鋼のように強靱《きょうじん》な心が欲しい。それさえあれば、父に見捨てられた時も、イヴァンを失った時も、あれほど辛い思いは味わわなくて済んだのに――

表情を作り、話を逸らす。

「ヴィールカ、寒くないか？」

『いいや。この姿なら平気だ』

アレクセイは太い首を覆う柔らかな毛並みにそっと頬を寄せ、思ったことをこぼす。

「被毛があるのはいいな。冬が長い国に住んでいると、人間はなぜこれを脱ぎ捨てたのか恨めしく思うぞ」

他愛もない話で気をそらしていると、ヴィールカがぽつりとつぶやいた。

『いいことばかりでもないぞ』

「……そうなのか？」

『ああ。……俺は、この身がずっと呪わしかったんだ』

意外な言葉に胸を突かれ、アレクセイは思わず顔を上げた。

『ヒトでもなく、狼でもない、どっちつかずの存在……それが俺だ』

ヴィールカは、ひっそりと寂しさをたたえた琥珀の瞳で森を見つめる。

『もちろん、生まれ育った群れの仲間たちは分け隔てなく接してくれたが、半分は人間だった俺は、いつしか疎外感を味わうようになった。リドニクが慰めてくれたが、あいつも似たような思いを感じていたようだ。ヒトに変化できる年齢になると、それはますます強くなっていった』

ヴィールカは淡々と続けた。

『だから成狼になった時、自ら進んで群れを出たんだ。そうして一匹狼になってから、俺は考えた。狼の仲間を得て自分の群れを作るのではなく、人間として生きていくのもいいのではないかと。……だが、野に生まれ育った身、今さら人間の暮らしに溶け込むには、もう遅すぎた』

初めて彼の半生と心の裡を聞き、アレクセイは大きな衝撃を受けた。強く逞しい存在だとばかり思っていた人狼、そんな彼ならではの苦悩を知り、痛々しい思いが込み上げる。

と、同時に、薄情な父に背を向けて実家を出た時の気持ちも思い出された。父の体面のためだけではなく、軍人を目指そうと思ったのは、ただ、強い男になりたかったからだ。母を喪《うしな》った辛さを引きずることもなく、父の愛を求めて不器用にもがくこともない、強く逞しい人間になりたかった。そう、独りきりでも生きていけるように。

『完全な狼だったら、こんな風に悩むこともなかったのだろうな。しかし、人狼である身は変えられない。くよくよと悩み続ける己の弱い心が、恨めしいと思ったこともあった』

その気持ちはよく分かる。心がある以上、その部分はたびたび、痛みや苦しみを訴えてくるものだ。だがそれが、悔しくも情けなくもあるのだけれど。

己の弱気をきちんと見つめ、正直に吐露《とろ》するヴィールカ。しかしその姿は弱々しいどころか、限りなく高潔に映った。やはり彼は強いから、こんな風に逃げずに己と向き合えるのだろうか。

孤独だった彼の心を慰撫するように、毛並みを優しく撫でてやる。そうしながら、アレクセイはそっと問うた。

「どうして今、その話を？」

『ヒトも狼も限りある命だ。だから今、伝えておきたくなった』

ぐっと胸が詰まる。彼は覚悟を持ってこの場にいるのだと、今さらながらに悟った。

だが、やめてくれとも思う。まるで死地に赴くようではないか。彼の言葉、それが何かの予兆めいていて。

「……伝えておきたいことというのは、お前の苦悩の多い半生のことか？」

『いいや』

ヴィールカは続けた。

『心ある者は、皆弱く脆《もろ》いものだと言いたかったんだ』

澄んだ瞳に真っ直ぐ見つめられ、アレクセイははっと息を呑む。

その目に、胸の奥を優しく見透かされた気がした。無理矢理に追い払い、見ないように封じ込めていたものを、柔らかく掬い取られたような感覚だった。

『やっと見つけたつがいを失った時も、格別心が痛んだ。ロルカがいたから弱音は吐きたくなかったが、辛い気持ちに押し潰されそうだった。今だって、初めて敵陣に切り込むに当たって、不安がないと言えば嘘になる』

悠然とした態度は見かけだけだったらしい。大きな体軀の中で震える小さな心を思い、アレクセイは相手にしかと両腕を回してやった。愛する者を亡くした慟哭《どうこく》も、涙に暮れる己を立ち直らせようとする葛藤も、痛いほどよく理解できる。

彼の慰めになればと、アレクセイはそっと囁いてやる。

「虚勢を張らなくていいんだぞ。己の身を賭して任務に当たるんだ。人狼だろうが人間だろうが、誰だって怖いに決まっている」

そう、自分だって――

途端、胸の奥のかたくななな部分がみしりと緩んだ。分厚い氷が音を立てて割れるように、何ら取り繕うもののない己の姿が表出してくる。

強くありたい、強くあらねばと、幼い頃からずっと思ってきた。母を守れるように、父の期待に応えられるように。軍人として誇り高く生きられるように。そして、愛する者を失った悲しみに溺れないように――

しかし、いつからだろう。心の鎧を硬くすることにのみ力を注ぎ、弱い自分を胸底に押し込めていた。そんなものは自分ではないと目を向けることさえせず、断固として拒絶していた。

だが今、やっと、己のありのままの本心を認められた気がする。

肉体と同じく、心にも必ず弱い部分がある。それを無視していると、いずれ歪みがきて心身共に潰れてしまう。本当はあるものをないものとしているのだから、無理がきて当然なのだ。

――お前が誰よりも己を律し、自分にも周囲にも厳しく接しているのは、優しい心の裏返しだ。

イヴァンが――かつて愛した人が教えてくれたそれが、今また胸に蘇ってくる。そうだ、弱い心を自覚しているから、強くありたいと願っていたはずなのだ。しかし自制するあまり、嬉しい時は嬉しい、悲しい時は悲しい、苦しい時は苦しいと……そんな、人として当たり前の感情にも重石をかけてしまっていた。

いちどきに蘇った感情のせいか、とくとくと鼓動が逸る。胸許を押さえれば、それは手のひらにも熱く伝わってくる。

『ああ、そうだな。本心を認めてしまえば、かえって腹が据るものだ』

ヴィールカが返答を受け、こちらの目を見つめてくる。

『だから、もう恐れるな。お前は、本当は強い心を持った男だ』

自然と口許が緩み、アレクセイはうなずく。恐ろしさに怯える自分、今はそれを、上手く脇に寄せられている気分だった。本当に、弱気も恐れも、認めてしまえばただ複数ある感情のひとつだ。

「そちらもな。……どうだ、もう不安はないか？」

アレクセイは姿勢を正し、流れに沿って、柔らかな銀の毛並みを撫でてやる。

「お前こそ、人にはない力を併せ持った人狼だろう。恐れることはない。お前だからこそできることをやるだけだぞ」

ヴィールカは、すっかりいつもの表情で言った。

『平気だ。実は、お前のそばにいるだけで、俺の弱気はすぐに克服されるんだ』

「羨《うらや》ましい性格だな」

『ああ。……好きな相手の前では、強くありたいからな』

熱を宿したまなざしが、心に直接触れてきた。好きな相手――真っ直ぐで飾り気のないその言葉が、胸に甘い疼痛《とうつう》を走らせる。

そして気づく。人はきっと、誰かのためになら、本当の意味で強くなることができるのだ、と。

アレクセイは相手を見返した。にわかにとくとくと逸るもの、それが己の心臓の鳴動だと、遅れて自覚する。

『もうひとつ、お前に伝えたいことがある』

こちらをしかと見つめ、ヴィールカは言った。

『アリョーシャ、お前は俺に、生きる意味を与えてくれた』

紫眼を見開くと、彼は続けた。

『ロルカ共々、俺を軍に入れてくれた。名前をくれ、人狼の身を生かす道を指し示してくれた。傲慢に見えたはずの人間でも、苦悩を抱えながら弱い自分と闘っているのだということを、教えてくれた』

彼の言葉がしんしんと胸に積もり、熱を伴いながら厚みを増してゆく。胸を占めていた氷を打ち破り、何かの感情が奔流《ほんりゅう》となって溢れ出てくる。

『そんなお前に感謝する。だから俺にとって、お前はロルカをのぞけば唯一かけがえのない相手だ。それだけは知っておいてくれ』

心臓がさらに熱を増す。こんなにも胸を熱くさせるもの、それは何だっただろう——

『長居したな。そろそろ行く』

ヴィールカが、腕の中からするりと抜け出した。しかし彼はこちらの顔を見るなり身を翻し、もう一度眼前に四肢をついた。

そして長い鼻先で頰を擦って、言った。

『任務を終えたら、お前のもとに必ず戻る』

迷いも恐れもない、力強い言葉だった。

『作戦では別行動になるが、どこにいても勇敢に戦うと誓う。任務遂行のための心は、ひとつに繫がっていると信じている。同じく、生きて無事に帰還したいと思う気持ちも一緒なはずだ。違うか？』

「違わない」

きりりと表情を引き締め、アレクセイは答えた。これだけ頼もしいことを言ってくれる〈部下〉の前で、情けない顔などしていられない。

「無事に戻って来るのだぞ。そうして初めて、任務完了なのだからな。ロルカだって、お前のことを待っている」

『ああ、中佐閣下も。お互い、心はひとつだ』

ヴィールカはそして力強く尾を上げ、雪の中を待機場所に戻って行った。アレクセイはその後ろ姿を、見えなくなるまで見つめていた。

恐れも震えも、今は消えていた。気づけば火照っていた頬をぴしゃりと叩き、改めて腹を据える。

陽はいつしか傾き、山の端を残照が染めていた。長い夜が、始まろうとしていた。


冬の夕暮れは早い。午後四時、宵闇の底に沈むようにして辺りは暗くなり、戦闘の前の静寂が耳を覆ってくる。

遠吠えの声が響いた。ヴィールカだ。前線で待機している狼たちが身を起こし、薄明に眼を光らせながら所定の位置で態勢を整える。

アレクセイの手許の時計の針が、作戦開始時間を指した途端――

轟音《ごうおん》が響いた。砦の火薬庫が火を噴き、橙色《だいだいいろ》の閃光が周囲に弾ける。山岳部隊が仕掛けた爆薬だ。それを合図に狼部隊が動き出し、谷に向かって突進していく。

（……行け！）

息詰めて見守る中、先陣を切ったのはヴィールカだった。足場の悪さをものともせず、驚異的な跳躍《ちょうやく》で谷をひと跳びし、そのまま見張りがいる櫓《やぐら》を足音立てて駆け上がる。

「ひいっ」

燃え盛る火薬庫に気を取られていた見張りが、いきなり飛びかかってきた巨狼に襲われて悲鳴を上げた。もう一人の見張りが発砲するが、ヴィールカは身を翻して前肢の一撃を食らわせる。

他の狼らも次々と櫓に襲いかかり、賊を払い、長銃もろともなぎ倒す。

「敵襲だ！」

他の櫓で金属板を叩く音が鳴り響き、砦のあちこちから武装した敵が飛び出してくる。しかし、襲って来たのが狼だとは思わなかったのだろう、人間のものではない俊敏な動きに翻弄され、こちらの狙いどおりに迎撃態勢を整えることができないでいる。

銃声と怒号、そして狼たちの咆哮が上がる中、アレクセイは声を張り上げた。

「一班、橋を架けろ！　二班は突入！　三班は後方支援に当たれ！」

作戦どおり、丸太を組んだ橋を谷に渡し、それを素早く渡った兵士たちが敵に向かって突撃する。現場は狼と人間が入り乱れ、戦線がたちまち激しさを極めていく。

アレクセイも橋を渡り、内部に侵入しているはずの山岳部隊を支援するため、銃剣を携え自ら〈狼の巣〉に身を投じる。と、入り口を潜るなり銃弾が耳をかすめた。すかさず頭を低くし、弾道から割り出した方向へ発砲する。

「ぐっ」と呻き声がし、重いものが倒れる音がした。そのまま、小さなランプのみが灯る通路を進もうとすると、今度は背後の暗闇で何かが光った。素早く身を翻したアレクセイは銃剣の先で相手のナイフを弾き飛ばし、そのまま銃の柄を喉に押しつけて壁に釘付けにする。

「く、くそっ……！」

脚をばたつかせて呻く賊に、厳然と言い放つ。

「投降しろ。さすれば命だけは助けてやる」

供の兵士に敵の身柄を任せ、アレクセイは一人で巣穴の奥を探っていく。

思っていたとおりだ。こういった砦は外からの攻撃には強いが、内部の守りは弱い。案の定見張りの数は少なく、洞穴のような通路を歩き回っても、すでに急襲を受けて倒された賊の身柄が転がっているばかりだった。大佐の指揮と山岳部隊らの迅速な動きでかかられては、ひとたまりもなかったろう。

「中佐閣下！」

梯子段を上って二階部分の通路を歩いていると、山岳部隊の一団と行き合った。彼らに両脇から抱えられているのは、人質になっていた大使令息だ。顔色は悪いが、怪我した様子もなく足取りもしっかりしている。

山岳部隊長が、アレクセイを見て敬礼する。

「人質は無事に確保。我々は救出隊と先に山を下ります」

砦裏で待機している救出隊は、来た道を戻り連邦警察の保護を受け、待っている家族のもとへ令息を送り届ける手筈になっている。「武運を祈る」と敬礼を返すと「はっ」と頼もしい返答がくる。

彼らと別れ、内部にいるかもしれない他の要救助者を探す。と、白銀の狼が梯子段を駆け上がって来た。

『様子を見に来た。外の敵はあらかた倒したぞ』

ヴィールカだった。息を弾ませているが、どこにも怪我はしていないようだ。無事な姿に安堵する。ヴィールカもまたこちらを見、尾を振って同じ気持ちを示していた。

「味方の被害の状況は？」

『重傷者が数人いる。さあ、早いとこ探索を終えて退却しよう』

外でまだ銃声が響く中、通路に並ぶ穴蔵のような部屋をひとつひとつ見ていく。と、ある扉の前でヴィールカが足を止めた。

『この中に誰かいるぞ』

ヴィールカが引っかく木の扉を蹴破ると、そこには小さな女の子が膝を抱えてうずくまっていた。まだ七、八歳ほどか、顔中をぐしゃぐしゃにし、かすれた嗚咽《おえつ》をこぼしている。

アレクセイはすぐさま駆け寄った。

「奴らに攫われて来たのか?」

粗末な衣服を着ているが、どこかの貴族令嬢だろうか。こんな小さな子供まで狙うとはと、賊の卑劣さに腸《はらわた》が煮えた。アレクセイは泣き濡れた顔を拭ってやり、少女をおぶって退却を決める。

ヴィールカを伴い、狭い通路を小走りで進んでいく。と、背後にいたヴィールカがガォウ、と荒っぽく吼え、後肢で立ち上がると少女を肩から力任せに引き剝がし石床に叩きつけた。

彼が何をしでかしたのか一瞬分からず、アレクセイは尻餅をつきそうになったことも忘れて叫ぶ。

「ヴィールカ、何をす、……」

と、床に倒れ伏している少女を見て息を呑む。気絶した彼女が握っていたのは、暗殺用の小刀だった。

はっとして首筋に手を当ててみると、そこにわずかながら血が滲んでいる。ヴィールカが肩に乗ってき『傷つけられたのか!?』と勢い込む。

「大事ない、かすり傷だ」

まさか、人質に見せかけた刺客だったとは。子供だと思って油断していた。と、横たわっている少女の姿がたちまち、一匹の仔狼に変化していく。

「な、人狼……？」

驚くべき姿に目を見張る。まさか、ガヴィク人たちも人狼を使役しているのだろうか。彼らは〈狼の民〉、狼を手懐けることには長《た》けているに違いない。だが、こんな小さな子まで戦闘に参加させるとは。

憤りが兆すが、しかしこの場は退却が優先だ。気絶したままの仔狼を懐にしっかり抱え、アレクセイは走り出す。

『待て！』

ヴィールカが鋭く言い放つ。見ると、前方、銀灰色の獣が梯子段を駆け上がって来た。狼だ。しかも二頭。もちろん、狼部隊の隊員ではない。

身丈はヴィールカとほぼ同じ。まさか、人狼か？　灰狼は血走った四つの赤い眼をぎらつかせ、鋭い牙を剝き出しにして吼えかかってくる。

アレクセイが銃剣に手をかけるより先に、ヴィールカが突進して行った。ぶつかるように組み合った狼三頭が、勢い余って梯子段を転がり落ちる。

「ヴィールカっ……！」

加勢をと彼に向かって踏み出した瞬間、いきなり背後から視界を塞がれた。同時に、つんと鼻を突く匂いの布を口許に当てられる。

麻酔剤だ。不覚――と思ったが、アレクセイの意識はぐらりと揺れ、やがて闇の中に墜落していった。


深い、深い水の底から浮上するようにして目が覚めた。

鈍い頭痛を感じながら、アレクセイはまぶたを開けた。起き上がろうとすると、腕をきつく引っ張られる。見上げると両手を頭の上でそれぞれ、寝かされている寝台の柱に麻縄でくくりつけられていた。

「……！　く、……」

身をよじり、仰向けのままで周囲に目を配る。

まったく見たことのない部屋だった。薬で眠らされている間に、ここへ連れて来られたらしい。さして広くはないが、そこここを異様に豪奢《ごうしゃ》な調度が埋め尽くしている。金をふんだんに使った家具類に、思わず目を瞬かせてしまう。

身体には、白貂の毛皮をたっぷり裏打ちしたガウンが掛けられていた。着ていた軍服はすべて脱がされ、もちろん、懐に抱いていた仔狼もいない。その代わり、白い薄絹の、肌に蕩《とろ》けるような夜着だけが着せられている。

襟許のレースの細かさや肌触りからすれば最高級品だが、気を失っている間に勝手に着替えさせられたという気味悪さが勝った。一体誰がこんなことをと、アレクセイは身震いする。ここに自分を連れて来た敵は、何を目的としているのか。

はっと思い出す。ヴィールカはどうなったのだろう。

視界を塞がれる寸前に目にした、彼の姿が蘇る。あのまま、灰狼たちと取っ組み合った状態で下まで転げ落ちたろう。怪我しなかったわけはない。いくらヴィールカとはいえ、二頭もの巨敵を倒すことなどできるのだろうか。ああ、誰か他の隊員が、事態に気づいてくれたらいいが……。

きりきり痛む胸を抱えつつ、アレクセイは、落ち着けと自分に言い聞かせ、努めて冷静に室内を観察する。

扉は、寝台の右手にひとつ。左側の壁には、鉄格子の嵌まった四角い小窓がひとつ。外はまだ暗く、おそらくだが、眠らされてから数時間も経っていないはずだ。寝かされている幅広の寝台には絹の敷布と毛布が何枚か掛けられ、頭上の吊り燭台では、蠟燭《ろうそく》が頼りない光を放っている。

寝台の足許には石造りの暖炉があった。煙を出さないためか、火は入っていない。

何とかここを脱出する術はないかと、アレクセイはじりじりした気持ちで室内を眺める。と、暖炉の上棚に視線が留まった。そこにうっすらと、特徴的な意匠の彫刻が見えたのだ。

目を凝らすうち、以前に読んだ歴史書の一頁をはっと思い出す。

（あれはもしや……ルジャンカ王家の紋様？）

ルジャンカ王国は、かつてセーヴィルイ帝国とヴニク連邦との狭間にあった小国だ。七十年ほど前に王家は滅び、領土と人民はヴニク連邦の一部に組み入れられた。今はただ、打ち捨てられ忘れ去られた王城が森の中に残るのみだ。

室内をよくよく見回すと、色褪せた天井装飾や柱の様式も、後期ルジャンカのそれだった。間違いない、ここは、かつての王城内のどこかなのだろう。そうだ、王城は〈狼の巣〉のそばを流れる川の下流にあったはずだから、筏《いかだ》か何かに乗せられてここまで運ばれたのかもしれない。

アレクセイは記憶を辿り、古地図に記されていた王城の正確な場所を思い出す。確か山中を通る国境線のそばだ。そして、そこから直線距離にして十キロほどの地点には、帝国西方軍の駐屯地がある。

「……、」

ひとつ深呼吸をする。相当な距離だが、歩けないほどではない。もしここを抜け出せたなら、駐屯地まで辿り着けなくとも、その付近にある国境警備隊の隊舎になら助けを求められるかもしれない……。

可能性をひとつずつ検討し、アレクセイは、己を静かに奮い立たせる。そうだ、敷布を裂いて両足に巻き、ガウンと毛布を防寒具にして山を下るのだ。手からほどいた縄で木の枝を編めば、かんじきが作れる。無謀かもしれないが、やってみる価値はあった。

仰向けでもう一度深く息を吸い、まず縄から自由にならなければと、両手首に巻き付いたそれを引っ張ってみる。しかし結び目はきつく、簡単に解けそうもない。

「く、……っ、……この……」

アレクセイは呻く。助かるかもしれない道が見えたのだ、ここで諦めてなるものか。それに、ヴィールカは「お前のもとに必ず戻る」と言ったのだ。彼ならそれを成し遂げるだろう。だから自分も、生きて必ず約束を果たす。

（ヴィールカ、っ……）

彼の姿が眼裏をよぎり、胸がきつく締め付けられた。自分のことよりも、彼がどうなったのかの方が心配だ。とにかく早くここを脱出して、彼のもとへ駆けつけなければ――

その時、扉の向こうで錠を外す音がした。はっと身を強張らせ、樫《かし》の扉を凝視する。それが細く開き、人影が顔を覗かせた。

「ああ、目が覚めていたんだね？」

泰然と室内に入って来たその人物は言った。爽やかな朝の挨拶《あいさつ》のような口ぶりで。

相手を見、ぽかんとしてしまう。てっきり、恐ろしい身なりをした賊が入って来ると思っていたから。

あっけに取られているアレクセイをよそに、彼は軍製の長靴を鳴らしてこちらに近づいて来る。黒革の膝当てのついた、履き口の細い高級品だ。

「……ジェミヤン」

やっとそれだけをつぶやくと、相手はにっこりとほほ笑んだ。

ますますわけが分からなくなり、アレクセイは困惑を強める。友はすかさず助けに駆け寄ってくるわけでもなし、実に落ち着き払った足取りで寝台を回ってくる。

相手の笑顔の裏から立ち上る禍々《まがまが》しさを感じ取り、身の裡がかすかにおののいた。自分の目の前にいるこの人間は、誰だ？　よく見知った友人なのに、突如としてまったく知らない存在にも見えた。

「ジェミヤン、一体これは……」

アレクセイの問いには答えず、ジェミヤンは優雅な物腰で寝台に掛けた。そして、うっとりとまぶたを細めてこちらの顔を見つめてくる。

「一度、君とこうして過ごしてみたかった」

近づいてきた手を見、思わず顎を引く。その手で乱れた金髪を梳《す》かれ、続けて、指の背で頰を撫でさすられた。まるで恋人にするような仕草に、背筋がぞくりと粟立つ。

「アリョーシャ、手荒い真似をしてすまなかったね。だけど、こうでもしなければ君を手に入れられないと思ったから、奇襲作戦に乗じて連れて来させてもらったんだよ」

ジェミヤンは、上半身で覆い被さるような体勢を取って続ける。

「君の軍服だけど、それはある男に着せたよ。そして、顔を潰してから谷底に突き落としてやった。髪色も背格好も似ているから、まず見分けられないだろうね」

残酷な台詞を言い放たれ、アレクセイは戦慄する。友人が、そんな偽装工作をしてまで自分を拉致するなんて。

ジェミヤンはそして、豪奢な室内を指し示す。

「ここは僕の秘密の遊び場なんだ。西方軍からなら、走ればひとっ飛びだからね」

「……？」

わけの分からないことを言われて困惑するが、ジェミヤンはなおも続ける。

「だけど、これだけの調度品を買い集めるのには苦労したんだよ。いくら大貴族といえども、その懐は実にお寒い昨今なんだ。毎月のように骨董品を売りさばいて、それでどうにか経費を工面している家さえあるくらいだからね」

つまり、マシェフスキー家も決して安泰ではないということか。だが、とアレクセイは思う。かといって、軍から支払われる給金だけでは、この部屋や彼の豪華な衣食のすべてを賄《まかな》えるとは思えないのだが――

「金がなければ人間、生きていけないよ。そうだろ、アリョーシャ？　ガヴィク人たちが何だかんだと事件を起こすのも、つまるところ金が必要だからさ。奴らは、そのためなら何でもやっているようだよ。攫った娘を人買いに売り飛ばしたり、森で捕まえた人狼を、見せ物小屋に売り渡したりね……」

いつか聞いた狼人間の噂と、あの人狼の少女が眼裏をよぎった。彼女は半人半獣の身を、ガヴィク人らにいいように使われているのだろう。北方軍が狼部隊を有しているのとはまったく異なる、悪辣で非道きわまりない行為だ。小さな子供に暗殺術を仕込むなど、人道的に許されまい。もしかすると、まだ幼い身に、薬物や電気的な刺激を与えて無理矢理ヒト化させているのかもしれない。

表情を険しくするアレクセイをよそにジェミヤンは、質感を愛おしむように金髪をまさぐりながら話し続ける。

「僕はそこに目を付けて、奴らと組むことにしたんだ。利害の一致ってやつさ。秘書官の立場を利用して手に入れた要人たちの行動日程や家族の居場所をガヴィク人に伝え、奴らがことを起こしやすいように協力してあげていたんだよ。もちろん、手にした金は山分けだ。他にも、闇の武器商人の仲立ちをしてやったり、軍物資を横流ししたり、いろいろ便宜を図ってやったのさ」

滔々と語られる背信行為に、アレクセイの背筋が粟立つ。それが他でもない友の口から出た言葉だということが信じられず、頭がついていかない。

「〈狼の民〉も堕ちたものだよね。古代から狼と共存してきたガヴィク人が、今や狼以下の身分で山賊に成り下がってる。奴らには古い民族としての自負があるせいか、迫害を受けつつもかたくなに血族だけで暮らすことをよしとしているんだ。だけど、そのつまらない自尊心が自身の首を絞めていることに、どうして気づかないんだろうね？　狼の心を持ちながら、人として暮らしていくことだってできるのにさ……」

喉奥で低く笑いこぼすジェミヤンを見、アレクセイの身がさらにおののく。断片的にちりばめられた文言から導き出された恐ろしい想像を、震える声で問うてみる。

「まさか、まさか……ジェミヤン、お前は……」

「そう、人狼だよ」

彼の輪郭がぶれ、たちまち、目の前に衣服を纏った漆黒の巨狼が出現する。瞳の色はヒト姿と同じ茶色、だが、その奥には禍々しい黄金色の焔が燃えていた。

狼姿をとっくりと見せつけてからヒト型に戻り、ジェミヤンは口を開く。

「人狼といったら銀白の毛並みに琥珀色の瞳が通例だけれど、どうやら僕は突然変異体のようなんだ。母……僕を産んだ女が、狼と交わってこしらえた子だからだろうね」

衝撃の告白に目を見張ると、彼は続けた。

「彼女は政略結婚でマシェフスキー家に嫁がされたものの、夫は四十も歳の離れた老人、夫婦仲が上手くいくわけなかったのさ。別居先である森の中の邸で一人寂しく過ごすうち、狼と〈浮気〉するようになって、そして僕を産み落とした。……ふふ、いくら不義の子や、なさぬ仲の親子が多い貴族にだって、これほどおぞましい醜聞《しゅうぶん》はないよ」

そうは言うが、どこか誇らしげな態度でジェミヤンは言葉を継いでいく。

「僕の育ての父……公爵は、おそらく知らないことだ。もし真実を知ったら、母子もろとも幽閉されるか、秘密裏に縊《くび》り殺されていただろうからね。多分、下男か山男と密通したとでも思っているんだろう。僕自身も、十代のある時までは知らなかったんだよ。そう、死んだ母の手記を見つけるまではね」

口許をいびつに歪ませ、ジェミヤンは話し続ける。

「それを読んだ時は、いっそ痛快な気分だったよ。まあ、前々から公爵の実子ではないのは察していたし、狼の遠吠えを聞くと血が騒ぐような心地がしていたからね。だからさっそく、〈試して〉みたんだ。……驚いたよ、本当にこの身が、黒い狼に変化したんだから」

心底愉快そうな笑みが、両の口角を吊り上げる。

「その頃ちょうど、気に食わない家庭教師がいたから、彼の帰宅路に狼姿で待ち伏せし、喉頸に飛びかかって嚙み殺してやったよ。狼の格好で邸の下女を陵辱《りょうじょく》したこともあったな。ことを済ませたあとは、人間に戻って何食わぬ顔さ。人狼には完全犯罪もお手の物だよ」

最高時速七十キロメートルの速さで走れる狼だ、西方軍からここまでの距離も、難なく行き来できるだろう。震える声で、アレクセイは言った。

「軍曹を殺したのはお前だな」

ジェミヤンが泊まっていた来客用宿舎は、下士官たちの宿舎のすぐそばだ。加えて、あの時、軍曹の遺体の下に落ちていたもの——それはジェミヤンのカフリンクスだ。会食時、袖につけていた。

友人がもし事件に関わっているのなら、あとで内密に問い質すつもりだった。すぐさまそうしなかったことが、己の愚かさと臆病さが、今さらながらに悔やまれる。

ジェミヤンは不敵に笑んだ。

「軍曹？　あの下品な男とは、たまたま行き合ったんだよ。酒臭い息でうるさく絡んできたから、喉頸を嚙み裂いて黙らせてやったのさ。こっちも虫の居所が悪かったんだ。何せ、久しぶりに会食した愛しい相手が、まったくの上の空だったものだから」

詰《なじ》る台詞を言い放ち、ジェミヤンはこちらの頬をつついて低い声で問う。

「まあ、理由は分かっているけどね……あの日の午後、あの人狼と、バーニャで何をしていたの？」

もしや、外で聞かれていたのか。めらめらと燃え盛る嫉妬《しっと》の焔を目にし、アレクセイは息を詰める。

「あの人狼……軍にいいように使われている獣の分際で君に横恋慕《よこれんぼ》しようだなんて、身の程知らずにもほどがあるよ。邪魔なイヴァンが運よく死んでくれたと思ったのも束の間、あんな伏兵が現れるなんて夢にも思わなかったさ」

「……やめろ！　イヴァンを、ヴィールカを侮辱するな！」

自分でも驚くほどの大声が出た。睨みつけるとジェミヤンが一瞬怯んだが、やがてすぐ憎らしげに言い放つ。

「本当のことを言ったまでだよ。ああ、あんな下等な人狼に惑わされたらいけないよ、アリョーシャ」

ジェミヤンは、己の身は〈上等〉なのだとでも言いたげな口ぶりで続ける。

「考えてみてごらんよ。せっかくヒトと狼の魂を身に宿して生まれてきたんだ。人間と狼、その両方のいい部分を味わいたいじゃないか。なのにあの人狼は、危険な任務に従事させられ、軍で使い捨てられることだけをよしとしてる。そんなの馬鹿らしいよ。まあ、そこに気づかない時点で、救いようのない馬鹿だけどね」

ヴィールカの献身を蔑《さげす》む発言に、アレクセイはわなわなと唇を震わせた。彼ら人狼たちと結んでいる絆《きずな》すら、下らないものだと嘲笑《ちょうしょう》された気がした。

「人狼なんてどうせ、人から恐れられ迫害される存在だ。だったら、ヒト姿で人間の中に潜り込んで、いい暮らしをした方がいいに決まってる。一度でも人間の贅沢を知ってしまったら、もう森の中であくせく狩りなんかしていられないよ。あの人狼は、そんな知恵も才覚もない愚か者じゃないか」

「……貴様に何が分かる」

ヴィールカのみならず、軍に所属している人狼は大切な部下だ。彼らに従軍を無理強いしてはいないし、身を尽くして闘ってくれる人狼たちには、いつも最大限の敬意を払っている。

人狼たちが、軍用獣としての己をどう思っているかは分からないし、各人の思いはそれぞれ異なるはずだ。だが、いつも熱心に訓練に励み、危険な任務でもすぐさま出動してくれる姿を一度でも見たのなら、そんな意地の悪い発言ができようはずもない。

「彼らが、薄汚い欲望だけで行動するとでも思っているのか？　人狼にだって心がある。皆が貴様のように悪辣なことを考えていると、本気で思っているのか？」

ジェミヤンの話はヴィールカの話とは真逆で、アレクセイの考えとも到底相容れないものだった。一方的な主観だけで物事を断じる口調には嫌悪を覚えるし、何よりも、ヴィールカの真心を汚すような発言をしたことが許せない。

「わたしの部下たちの尊厳を貶《おとし》めるな！　ヴィールカのこともだ。彼がどんな気持ちでわたしのそばにいてくれているのか、わたしがそれをどれだけ心強く思っているのか、貴様には想像もつくまい。心を捧げ、態度で尽くしてくれる彼を……汚らわしい言葉で辱めるな！」

紫眼から怒りを迸らせるアレクセイを見、ジェミヤンはなおもたしなめる。

「目を覚ましなよ、アリョーシャ。しょせんは下賤《げせん》な奴らの言うことじゃないか。北方軍に馴染むあまり、あんなけだものたちに毒されてしまったの？」

「けだものは貴様だ！」

ジェミヤンの瞳がすうっと細くなった。その冷たい変貌に背筋がそそけ立ち、アレクセイは思わず息を呑む。

「……君の愛するヴィールカが、どうなったか知りたい？」

虫をいたぶるかのような声音に、ぞっと肌が粟立つ。

「安心してよ、まだ殺してない。あの二頭の灰狼は僕の忠実なしもべだ。命までは奪うなと命令してある。そう、あとで僕自らが手を下したいからね」

「彼に何かしたら、っ……！」

それを聞いたジェミヤンの口角が吊り上がった。獣の、いや、悪魔の哄笑《こうしょう》にも見えた。

「ああ、それは負け犬の台詞だよ、アリョーシャ。分かったよ、今までの君の友情に免じて、あの人狼を殺すことはしないさ。その代わり、君には僕の玩具になってもらう。身体のすみずみまでを、この僕の手に明け渡すんだよ。どう？　交換条件としては申し分ないと思うな」

否を返せず、アレクセイの身が絶望で冷たくなってゆく。だが、ヴィールカが傷つけられるよりましだ。そう、たとえこの身に、どれほどの陵辱が加えられようとも――

「嬉しいよ。やっと君を僕のものにできる」

ジェミヤンは目を血走らせてのしかかって来ると、抑え切れない呼気を発しながら髪に口づける。そして、ざらつく舌でべろりと首筋を舐めてきた。

「や、ッ……」

反射的に身が竦んでしまう。と、ジェミヤンは言葉尻を拾い、愉快そうに言った。

「ああ、君は動物が好きなんだものね。だったら、狼姿で犯してあげるよ。僕としても、そっちの方が興が乗るからね」

ジェミヤンの発する気配が、みるみるうちに獣のそれになっていく。体毛が黒々と濃さを増し、口が裂けて鋭い牙が剝き出しになる。

『狼の交尾を知ってる？　オスは、根本に棘のついた瘤《こぶ》のようなものがあるペニスを深々と膣に挿入して、三十分ばかりしてからようやく射精するんだ。メスが身動きしても棘のおかげで結合は解けないし、オスはその間、メスの性器が血だらけになるくらい激しく腰を振るんだよ。

……』

臀部《でんぶ》の丸みを撫でられ、薄い夜着の上からその狭間を嬲《なぶ》られる。アレクセイの胃の底が竦み上がり、悲鳴すらも凍りついてしまう。

『君にも、ここが僕の鋳型になるまで咥え込んでもらうよ。三十分じゃ温い。一時間でも二時間でも、一日中でも繋がって離さないから。知ってのとおり、狼が愛するのは一度に一頭だからね』

「ッ、……っ……！」

おぞましさに身をよじっても、上から押さえ込まれてさしたる抵抗にならない。肉厚の舌が顔面を這い回り、狂獣と変わらない呼気が肌を舐めていく。そこにあるのは、愛情でも嫉妬でも肉欲でもない、ただ悪意に満ちた征服欲のみだ。

『しばらくそういうことはないだろうけど、僕が君に飽きたら、声帯と手脚の腱を切って、金持ちの変態貴族に売り飛ばしてあげるよ。大丈夫、君ほど美しい男なら、気が狂うほど可愛がってもらえるさ。……』

その時、天地を揺るがすほどの咆哮が耳をつんざいた。煉瓦造りの壁が凄まじい力で破壊され、そこから一頭の銀狼が飛び込んでくる。

「……ヴィールカ！」

彼は鮮やかに着地し、寝台のジェミヤンを見るなり彼に突進して行く。ジェミヤンもまた身を不意に、一頭の人狼が壁を伝い下りてきた。地上で戦っていた人狼が、いつの間にか塔の外壁を駆け上がって来ていたのだ。

翻して相手を躱し、怒気を込めて叫ぶ。

『バケモノめ。塔の外壁を駆け上がって来るなんて、ッ……！』

ぽっかりと空いた壁穴の下には木々の梢《こずえ》が見えた。ここは、城に付属した塔の中だったらしい。冬の冷気が、ごうっと室内に入り込んでくる。

『貴様、やはり人狼だったか』

半分獣化しているジェミヤンと睨み合い、全身に闘気を漲らせた体勢でヴィールカが吼える。

『アリョーシャを攫い、危険な目に遭わせた。それだけでも万死に値する』

『邪魔な狼め。お前を先に始末してやる』

両者、毛を逆立たせて飛びかかる。頭は狼、胴と手脚はヒトだが鋭い爪は狼、半獣になった二人が唸り声を上げて組み討ち合う。

人狼同士の激突。それを傍目《はため》に、身動きできないもどかしさでアレクセイは唇を噛む。ヴィールカはすでにあちこち傷だらけだった。あの二頭の灰狼を倒し、百数キロもの距離を、匂いを辿って救出に来たのか。ぐっと胸が突き上げられ、目の奥が熱くなってくる。

と、ふと視界に入ったものがあった。ヴィールカが壁を壊した際に飛んできた煉瓦の破片が、寝台上に転がっている。

「……！」

脚が縛られていないのが幸いだった。アレクセイはそれを蹴ってどうにか頭上に転がすと、縄が巻かれている手首にめちゃくちゃに擦りつける。皮膚が裂け痛みが走るが、そんなことには構っていられない。

殴り、噛み、重なり、もつれ転がる二頭の人狼の身が、少しずつ床上を移動していく。今揉み合っているのは、壁穴際ぎりぎりの場所だ。アレクセイは、はらはらしながらそれを見守った。

あのままでは、二人が塔の下に落ちてしまう――

その時、ぶつりと音がして手首が自由になった。

(……外れた!)

アレクセイが身を起こすと同時に、ヴィールカが相手の隙を突いて喉笛に噛みついた。犬歯が食い入り、鮮血が散りしぶく。

絶叫が響き渡るが、しかしジェミヤンは相撃ちを狙ったのか、渾身の力を前肢に込め、ヴィールカを自分もろとも壁穴から突き落とした。二人の姿が視界から消え去る。

「……っ、ヴィールカ!」

アレクセイは絶望に叫び、腕を伸ばして壁穴に飛び込んだ。危険も何も顧《かえり》みず、身体が勝手に動いたのだ。彼を失ったら、自分もまた生きてはいられない――

「――ッ!」

落下してゆくヴィールカの下方に見えた湖、そこに容赦なく叩きつけられた。氷が割れ、全身がたちまち冷水に没する。冷たさが肌に突き刺さり、寸時の間、衝撃で呼吸もできなくなる。

「ごぼっ……はぁ、はぁ……ッ！」

もがきながら水面に顔を出すと、すぐ傍らで半身を浮かべているヴィールカが視界に入った。必死の思いで身体をかき抱き、重い湖水をかいて岸辺を目指す。川の流れが入り込んできているので、氷はさして厚くなかった。

「はぁ、は、ッ……！」

ぐっしょり濡れた身体で、どうにか岸辺に辿り着く。身震いしながら振り向くと、湖上でうつ伏せになっているジェミヤンの姿が目に入った。四肢は微動《びどう》だにせず、首から溢れ出る血潮がただ、水面を赤黒く染めていく。かつての友人の無惨な最期に、アレクセイの胸にも苦い血が滲んだ。

雪の上に、ヴィールカを横たわらせる。しかし彼がぴくりとも動かないのを見て、アレクセイは声にならない悲鳴を上げた。寒さも痛みも忘れ、冷水を吸った身体を揺さぶる。掌も肢も傷だらけだった。美しい毛並みも血と泥で汚れ、一部は生傷が露出している。

「ヴィールカ……ヴィールカっ……！」

着水の瞬間、彼が下になり受け身を取ってくれた。だから自分はこうして生きているのだ。熱い涙が溢れた。同時に、臆病さに凝り固まっていた胸の裡から、奔流のように言葉が噴き出てくる。

「お前を失いたくない。ヴィールカ、お前が好きなんだ……っ……！」

自分は何て意気地なしだったのだろう。愛する者に危険を冒させ、傷だらけになるまで気持ちを出せないでいたなんて。胸の奥ではこんなにも、ヴィールカが愛しくて大事な存在だと自覚していたのに。

「ヴィールカ、頼む……目を開けてくれ……」

あの琥珀色の瞳が二度と自分を見つめないなど耐えられない。アレクセイは相手の身体を、死神の鎌をなぎ払う勢いでかき抱き、熱く燃える胸も涙で汚れた頬も、何もかもを押しつけて喚く。

「わたしを置いていかないでくれ。大切な相手を二度も失いたくない。お願いだ、ヴィールカ……お前が好きなんだ……だから、どうか……」

迷いも恐れもなかった。ただ己の強い想いに突き動かされ、白銀の被毛を揺さぶり続ける。

その時、クゥ、とかすかな鳴き声がこぼれた。見ればヴィールカが、わずかながらまぶたを開けてこちらを見上げている。

『……そんな、顔も……できるんじゃないか』

髪を乱し、涙にまみれたぐしゃぐしゃの顔でヴィールカの瞳を覗き込む。淡い琥珀色の虹彩が確実に己を捉えているのを見、また新たな涙がこぼれ落ちる。

「う、うぅ……」

アレクセイは太い首に腕を回し、彼の頬に頬をすりつける。『こんな傷、舐めておけば治るぞ』とうそぶくヴィールカを、胸を占める感情ごと抱きしめる。喉を突き上げるほどの安堵と歓喜に、言葉も見つからない。

『泣かないでくれ……アリョーシャ。情けないが、今の俺ではお前を抱きしめられない』

「いいんだ、ヴィールカ。わたしがお前を、こうしてずっと抱いていてやる」

熱い涙に暮れながら、愛しい相手に固く腕を回す。と、狼の遠吠えが聞こえた。ヴィールカが頭だけを起こし、かすれ声でそれに応える。返す吼え声がすぐに飛んできた。リドニクだろうか、喜び勇んでいるようにも聞こえる。

「ヴィールカ、見えるか。皆来てくれたぞ」

『……ああ』

上方の木々の間から狼たちが、それに続いて兵士の姿も見えた。アレクセイは腕を伸ばし、大きく手を振ってやる。

と、薄明の空にひと筋の光明が走った。青昏い闇が薄れ、山の端からまばゆい光が射す。列を成してやって来る兵士たちの後方にある山の稜線、それが次第に、澄んだ光に縁取られ始める。夜明けだ。ザリャスヴェートルイ——古代語で〈銀嶺〉を意味する名を持つ山脈が、朝日を受けて白銀に輝いている。

アレクセイは、ヴィールカと共にまぶたを細めた。高雅なる峰を照らすその曙光は、長く、暗い夜を払う光だった。


車窓に真白き大平野を映しながら、旅客列車は進む。久方ぶりの晴天、太陽をまばゆく撥ね返す雪原の向こうには、雄大な山々が青く霞んでいる。

「……すごいな！」

カーブの先に見えた先頭車両を目にし、ヴィールカがつぶやいた。私服姿の彼は琥珀色の瞳をきらきらと輝かせ、さっそく硝子《ガラス》窓に鼻先を押しつける。

初めて乗る列車にはしゃぐヴィールカの姿を見ていると、アレクセイの口許も穏やかに緩んだ。少々時間はかかるが、鉄道での移動を選んで正解だった。

誘拐事件は無事に解決、拘束した賊たちの引き渡しも済んだ。ヴィールカの怪我もすっかり癒えた。ジェミヤンは〈任務中の事故〉によって殉職したとされ、身柄はマシェフスキー家の墓所に埋葬された。真実は、アレクセイの胸の奥にのみ葬られた。

ちなみに、アレクセイが砦から救い出したメスの仔狼は、狼部隊での預かりとなった。皆が温かく接してくれるおかげで、その年齢らしい笑顔も見せるようになってきたので、このまま狼部隊で第二の人生をまっとうして欲しいと願っている。

すべての物事に収まりがついたのを機に、アレクセイは、いつぶりかで長い休暇を取ることにしたのだ。そう、ヴィールカと二人で。

向かっているのは、シトゥカトゥールカから南東にある保養地だ。駅からは馬車を使い、森の中の静かな湖畔に立つ別荘《ダーチャ》を目指す。

ちなみにロルカだが、申し訳ないが今回は留守番してもらうことにした。最近の彼は父親よりも友達といることの方が楽しいらしく、『父ちゃん、行ってらっしゃーい』と無邪気にこちらを送り出してくれた。ロルカには何か、特別な土産でも持って帰ってやることにしよう。

別荘番から鍵を預かり、白樺の木に囲まれた建物に足を踏み入れる。落ち着いた雰囲気の室内は木材をふんだんに使い、目にも温かい造りになっていた。

アレクセイは、湖水に面した居間のカーテンを開けて周囲を眺める。見える場所に他のダーチャはないし、これで、人を呼ばない限りはずっと二人きりだ。室内のあちこちを眺めているヴィールカを見、そっと胸を高鳴らせる。もちろん、ただの休暇を過ごすためだけにここに来たわけではないのだ。

暖炉の具合を確かめていると、ヴィールカがふいに、背後からぎゅっと腕を回してきた。込められた強い力に、思わずどきっとしてしまう。

「ここで朝まで一緒なんだな」

「……ああ」

期待を滲ませた声で囁かれ、アレクセイは小さく身震いする。だがそれは恐れや途惑いからではなく、彼と結ばれる時を想像しての甘いおののきだった。ヴィールカも同じことを考えてくれていたことが、嬉しくもこそばゆい。

周辺を散策したのちは仲睦まじく夕餉《ゆうげ》を済ませ、冬の残照がすっかり夜の帳《とばり》に覆い隠された頃、手を取り合って居間に向かう。

火を灯した暖炉の前に毛皮を敷き詰め、クッションもあるだけ置いて、そこに互いの裸身を横たわらせる。不思議と緊張はなかったし、生まれたままの姿を見せるのに、もはや遠慮はいらなかった。

褥《しとね》に寝そべると、ねっとりと密な毛足が素肌を包み込んだ。向かい合っているヴィールカに身を寄せれば、さらに心地のいい人肌に抱き込まれる。ほぅ、と吐息をこぼすと、熱い腕が背を巡っていく。

「温かいな……熱いくらいだ」

「ああ。お前も、とても温かい」

薪《まき》の爆ぜる音が聞こえる。雪が音を吸い込むせいで、周囲はひっそりとして静かだ。灯りをすべて落としているので、瞳には炎の色とお互いの姿しか映っていない。

「アリョーシャ」

すでに熱を帯びた声で名前を呼ばれ、身の裡がぞくりとおののいた。ヴィールカは父親でも部下の顔でもない、一人の男の顔でこちらを見つめてくる。

アレクセイは相手に腕を伸ばしてほほ笑み、そして言った。

「さあ……わたしたちも、燃える火になろう」

固く抱き合い、唇を合わせる。甘く柔らかくついばまれる感触もまた、たとえようもなく心地のいいものだった。犬歯が時折ぶつかってくるが、それもご愛嬌だ。彼だからできる、彼にしかできない口づけだ。

「唇は甘いんだな……これならずっと、吸っていたくなる」

心が伴う口づけの醍醐味《だいごみ》を早くも堪能できたのか、ヴィールカが陶然《とうぜん》としたまなざしでつぶやいた。再び唇が押しつけられ、やや厚して熱い舌が滑り込んでくる。

「ん、……んっ……ふ……」

口腔をじっくりねぶられ、アレクセイも舌を絡めてそれに応えた。彼の髪を指でまさぐれば、口づけはさらに深く、蜂蜜でも賞味するかのように濃厚になっていく。

愛しい相手を食べてしまいたい――とはよく言ったものだ。原始的なその衝動。誰に教わるでもない本能。愛する相手の唇も、歯も、舌も、口腔も、すべてを余さず味わいたくてたまらない。

ようやく唇を解いた時にはすっかり息が上がっていた。ヴィールカはまだまだ口づけ足りないようで、そこだけに飽き足らず、頬や眦や、まぶたや額を、音立ててついばんでくる。そうしながらも、素肌の質感を確かめるがごとく、頬に頬をすりつけるのにも余念がない。

「愉《たの》しそうだな」

「愉しいさ。ああ……絹よりもなめらかだな、お前の肌は」

まぶたを細める表情があまりにもうっとりしているのでからかうと、ヴィールカはじゃれつく仕草で髪に鼻先を埋め込んでくる。そしてすんすんと鼻腔を鳴らし「お前は匂いも極上だ」と余すところなく肌の香を嗅いでいく。

「あ、……」

顔の輪郭に沿って口づけられ、その流れで耳たぶを食まれた。それも狼にはないものだ。柔い部分を悪戯《いたずら》されてくすぐったい。肩をひくつかせるアレクセイの様子をも愉しんだのち、ヴィールカは首筋にも口づけを落とし始めた。

ヴィールカは逸る脈動を舌先でなぞり、皮膚が薄くなっている場所も丹念に舐めてくる。時には、昂《たか》ぶる気分を乗せてか甘く歯を立ててくることも。肉を嚙まれる危うい感覚に、アレクセイの身の裡がぞくりとおののいた。しかし、やめて欲しいわけではなかった。

「あ、はぁ……」

さらには肌をちゅうちゅう吸われ、胸許にたちまち紅い痕が散っていく。されるがままに仰向けになっていると、のしかかってきたヴィールカの舌に胸の粒を捕らえられた。

「あっ、……」

びく、と背がしなる。そのせいで、粒をさらに相手に含ませるかたちになってしまった。ヴィールカがすかさず吸いついてき、ざらつく舌先で小さな粒をねぶる。それが硬く尖ったところで、上下左右に緩急をつけて舐め転がしていく。

「ぁ、あ……」

ちりちりと胸先が疼き、アレクセイはたまらず身をよじった。しかし離してくれるヴィールカではない。粒を乳嘴《にゅうし》ごと唇で挟み、軽く引っ張っては、巧みな舌遣いでしこった箇所をいじり潰す。

「あ、ぁン……あ、はぁっ……」

びく、びく、と胸板を弾ませ、アレクセイは眉根を寄せた。こんな部分で感じてしまうのが恥ずかしい。しかし甘痒いような快感は、そのまま下肢にも伝い降りていく。張り詰めた雄茎が、正直に頭をもたげているのが分かる。太腿に当たるヴィールカのそれも、とっくに硬起して逞しく己の存在を主張していた。

胸の粒のみならず、あちこちを溶けそうなほど舐められたのち、身体をうつ伏せにされた。腹の下にクッションを押し込まれ、腰と共に双臀を浮かされる。

ヴィールカが香油の入った小瓶を引き寄せた。繋がるために用意してきてくれたのだ。彼にはリドニクという悪友がいるわけだし、まあ、その筋からそれなりの知識を得てきたのだろう。これから施される未知の刺激を想像し、アレクセイは小さく息を詰める。

そろそろと、尻たぶを割られる。その狭間に触れてくるものを感じ、努めて身体の力を抜こうとすると、

「ひぁ、ッ……！」

ひっくり返った声が出てしまう。てっきり、香油を纏った太い指が入り込んでくるのだと思っていたから。だが、実際にそこをくすぐったのはヴィールカの舌だった。熱く濡れたそれが、きつく閉じた襞《ひだ》の中心をつついてくる。

「ヴィ、ヴィールカ、そんなこと……」

こそばゆさと、顔から火を噴きそうな恥ずかしさで腰が逃げたが、大きな両手にがっしと押さえ込まれてしまう。

「恐ろしいことはしない。じっとしていてくれ」

そう言うヴィールカの熱い舌がひたりと蕾《つぼみ》を覆い、細かい襞を環状になぞって唾液をまぶしていく。執拗な舌の動きを感じるたび、目の奥までも真っ赤に染まり上がってしまいそうになる。

「ひぁ、あ……、あぁ……っ……」

しかし羞恥よりもむず痒さよりも、次第に快感の方が勝っていった。身体の奥で熱い疼きが沸き起こり、アレクセイの細腰が妖しくくねる。己の内部に生まれた淫蕩《いんとう》なものが、たちまち渦を巻いていくのが分かる。

「ぁ、あ……あぁ……」

長く強靱な舌にぐにぐにと蕾を揉み込まれるうち、硬く強張ったそこもじんわりと綻びてきた。ようやく舌を離され、アレクセイはほっとひと息つく。が、今度は、粘り気のある香油をたっぷりとまとわりつかせた指が入ってきた。

「ぁ、はッ、……」

敷いた毛皮を摑んで圧迫感に喘いでいると、

「まだきついか?」

「……、」

アレクセイはかぶりを振る。舌とは違う、硬くて節の高い指。それはすでに、やんわりと肉鞘に割り入っていた。

ヴィールカはこちらの様子を見ながら、手首を使い、決して無理なことはせずに隘路《あいろ》をほぐし広げていく。ぬち、ぬち、とくぐもった水音が響くさまが卑猥で、アレクセイは頬を染めながらも、努めて身体の力を抜くことに集中する。

中指が深く入り込んできた時だった。指の腹が奥の、ちょうど臍《へそ》の裏側辺りを掠めた。

「は、ッあ……！」

熱感にぢくりと刺され、アレクセイは息を弾ませた。熱い疼きが――否、狂おしいほどの快感がそこから生まれ、全身へと波状に広がっていく。

「や、ぁ、あン……っ……」

呼吸が一瞬止まった。それほど凄まじい快感だった。狂熱に支配され、意識に反して腰がいやらしくくねる。

張り詰めた雄茎の先端から、つっ、と重い蜜がしたたった。一気に吐精の寸前まで押し上げられ、身体がついていかない。それなのに下腹は獲物を取り込むかのようにうねり、差し込まれている指をみっしりときつく食い締める。

「あっ……、あぁっ……」

「ここが悦《い》いんだな」

ヴィールカはそう言って、探り当てた箇所を慎重に擦る。露骨なことを言われて恥ずかしいのに、再びめくるめく淫悦に身を打たれ、アレクセイは腰を震わせた。

「あぁ……、あ、あぁっ……！」

堪《こら》えられない。抗《あらが》うことなどできない。奥処を疼かせる熱が、自分をおかしくさせている。目の前にある敷物に爪を立て、総身を貫くほどの歓喜におののき呻く。

「あぁっ……！　は、ぁあ……っ！」

悩ましい声がこぼれるにつれて、先端から透明な蜜がとろとろと滲み溢れる。今まで抑え込んできた自分が、身体の奥処から溶け出してきているのかもしれなかった。みだらで感じやすく、貪欲に快感を貪りたがる自分が。

「はっ、はぁ……、あ！　あぁっ……！」

アレクセイはいつしか、うつ伏せのまま頭を打ち振って喘いでいた。身体が熱い。首筋に汗を噴いているのが分かる。快い。たまらない。二本三本と増やされていく指を受け入れては喜悦に打ち震え、獣さながらにはっはっと荒い息をつく。

「発情した匂いだ……」

そうつぶやくヴィールカの声も、欲情にぐっしょりと濡れていた。

「たまらないな。アリョーシャ、お前がこんなにもそそる匂いをまき散らすなんて」

ぬるりと指が引き抜かれる。その感触すらも淫靡な刺激になり、アレクセイは胴震いした。目の奥が熱く潤む。だめだ、これ以上は抑えていられない——

全身が沸騰してしまいそうだった。快感に痺れた下肢にどうにか力を込め、そして、毛皮の上に両膝をつく。

「ヴィールカ……」

背後を見つめ、吐息混じりに名前を呼ぶ。

「来てくれ……お前が……お前が欲しい」

アレクセイは大きく腰を上げ、体勢を自然とそれにする。けものがつがうかたち。熟れ蕩けた媚肉を相手の眼前に晒しているのかと思うと、身体の芯がぞくぞくと震えた。ヴィールカが大きく息を吸い込むのが、後ろから聞こえた。

「アリョーシャ……力を抜いてくれ」

上擦った声が近づいて来る。ひたりと腰を摑んでくる彼の手のひらが、熱い。

震える息をついていると、蕾に硬いものが宛がわれた。切っ先がめり込んでき、やがて、熱塊が身を貫く。

「あ！　ああっ……！」

尋常でない圧迫感によろめくが、どうにか膝で踏ん張る。ヴィールカも両手で腰を支え込み、魁偉《かいい》を誇る肉茎をじりじりと奥へ押し進めていく。

「ッ、……ふッ……」

「は……ッ、はっ……ぁ、……」

凄まじい充溢《じゅういつ》をどうにか飲み込み、アレクセイは身震いした。彼と繋がっている――そう実感しただけで、目の奥が熱いもので潤んでくる。ヴィールカも背後で大きく息をつき、慎重に腰を使って、収めたものを肉鞘に馴染ませる。

「はッ……、ぁ……ヴィ、ルカ……」

腹の奥が熱い。蜜がしたたりそうなほど濡れた声で名前を呼ぶと、彼がウゥ、と低く呻いた。

こちらを貫く雄の角度が、さらにきつくなる。

「い……いから、動いてくれ。大丈夫、だから……」

「本当にいいのか？」

「ああ、早く……来てくれ……欲しいんだ……お前が全部……」

「……ッ、」

ずん、と深い場所を突かれる。衝撃に寸時、視界がぶれた。今まで堪えに堪えていたことが分かる荒っぽい抽挿《ちゅうそう》が送り込まれ、アレクセイの目が眩《くら》む。

「あ！　あぁっ……！　や、あぁっ……！」

「ッふ、う……ッ、くっ……」

　ヴィールカが呼気を弾ませ、前後に大きく腰を振り立ててくる。長大なものが行き来し、内鞘のありとあらゆる場所がそれに征服される。肉体を打つ湿った音が、香油がずちゅずちゅとかき回される音が、二人の呼気に重なり合っていく。

「あ、ッあ、あぁっ……！」

　送り込まれる快感と激しい律動に腕がかくりと折れ、上体が床に伏せてしまった。その拍子にアレクセイは「ああっ……」と喘いで身をよじる。胸の粒が敷物に触れたからだ。快感に呼応して尖り切ったそこは、長い毛足のかすかな刺激さえも耐え難いほど敏感になっている。

「アリョーシャ、締め付けてくるぞ……そんなに俺が欲しいのか？」

　感じるあまり肉鞘に力を込めてしまった。ヴィールカの雄がさらに膨張し、それによって生まれた新たなる快感が、腹奥をどろどろと蕩けさせていく。

　悦楽でよじれる腰をヴィールカはがっしりとわし掴み、さらに奥処を穿ってくる。重量感ある双嚢《そうのう》がぶつかってきた。それほど深く繋がり合っているという実感に、アレクセイの背筋を甘い疼きがひっきりなしに走り抜けていく。

「あ、ぁ、あぁあ、っ……」

「うう、アリョーシャ、全部だ……俺も、お前のすべてが欲しい……」

「ン、ふ……うっ……」

ヴィールカが呻きながら身を乗り出してき、顎を摑んで口づけを求めてくる。アレクセイは首をねじり、貪るようなそれに応えた。舌同士が絡み、お互いをさらに求め合ってねろねろと蠢《うごめ》く。唾液がこぼれたが、それを拭う余裕すらない。

無理な体勢がもどかしくなったのだろう、ヴィールカは情欲で目を爛々《らんらん》と燃やしながら、アレクセイの脚をすくい上げて繫がったまま体勢を変えた。向かい合わせになるなり痩身を組み敷き、いっそうめちゃくちゃに唇を吸ってくる。

「んむ、ぅ、ふ……ン」

「ふぅう、……うぅ……」

ヴィールカは鼻息も荒く舌に舌を絡ませ、口腔を思うさま味わう。そうしながらも、腰で勢いよく突き上げてきた。快い箇所を違った角度で穿たれ、快感が眼裏で弾けた。

「ッは……！　ッ、あ……！」

後頭部で毛皮を揉み敷き、アレクセイは仰け反って喘いだ。奔放な動きでゆさゆさと揺さぶられ、呼吸が途切れてしまう。その上、奥の快い箇所を続けざまに抉られ、痺れるほどの悦楽が全身を駆け巡っていく。

「あっ、ああっ……！　あっ……」

快感に吹き飛ばされてしまいそうだった。アレクセイは目を潤ませて両腕を伸ばし、相手の肩にしがみつく。

「ヴィ、ルカ……ヴィールカ……ぁ、すご……い……」

「悦い……悦いぞ、アリョーシャ……お前の中は……すごく悦い……」

こちらがしがみつく以上に強い力で抱きしめられ、アレクセイはいっそ恍惚《こうこつ》となった。総身に汗を噴いたヴィールカは、そこらじゅうに口づけを刻印しながら腰を振りたくってくる。アレクセイも分厚い肩にひしと腕を回し、熱い嵐のような抽挿をすべて受け止めてやる。

そうして、どれほど繋がっていたろう。腰の奥から熱塊がせり上がってきた。だめだ、まだ極めたくない。このまま永遠に彼と繋がり合っていたい――そんな、貪婪《どんらん》な欲望が胃の底を突き上げてくる。こんなに浅ましくいやらしい自分がいるなんて、今まで想像したこともなかった。

「ぁ、あぁあ……」

しかし絶頂が近づいてきた。下腹がじりじりと、硬く引きつれる。生まれた熱が唸りを上げ、身の裡を咆哮しながら疾走していく。

アレクセイはすがりつく背に爪を立て、紫眼を潤ませ息も絶え絶えに訴えた。

「ヴィ、ルカ……もう……」

彼が胴震いしたのが分かった。こちらの背を抱き込み太い腕でがっしりと巻き締めると、腰で奥処をごりごりと抉り上げてくる。抽挿の凄まじさに、もうかすれ声で喘ぐことしかできない。

「あぁぁっ……！」

灼熱の嵐が意識をなぎ払った。眼裏で白い光が弾け、ちかちかと瞬いて散ってゆく。

アレクセイは固く相手と抱き合いながら、圧倒的な快感に打ち震えた。それは総身を貫き、白銀の焔となって燃え尽きてゆく。

「はぁっ、はぁ、はぁ……」

己のすべてを注ぎ込んだヴィールカが、どさりと倒れ込んできた。肩を上下させ、アレクセイの上で荒い息を整える。

「あぁ……ヴィールカ……」

重い。だが、離れたくない。この重みすら甘美だった。アレクセイは骨まで甘く沁みてくる愉悦に浸りながら、汗と熱でぴたりとくっついた肌の感触も味わう。ああ、何て心地がいいのだろう。身も心も、とろとろの蜜になって溶け崩れていくかのようだ。

「……、アリョーシャ」

同じように夢見心地の瞳で、ヴィールカが頰に口づけてくる。同じものを返せばまた返礼がきて、くすぐったいやり取りがなかなか途切れない。

深く愛し合った余韻に身を任せ、相手の胸許に額を寄せる。素直な今の気持ちをそのまま、アレクセイは差し出すように告げた。

「……お前が愛しいよ、ヴィールカ」

ヴィールカもまた、情愛に満ちたまなざしをしてつぶやく。

「ああ、俺もだ。素直なお前も、とても可愛らしくていいぞ」

胸の奥を温かくほどけさせ、また、力強く支えてもくれる存在。心からそう思える相手に出会えたことが、何よりも奇跡だと思える。そして、彼にとっての自分もそのようにありたいと、虚勢ではなく芯から強く願う。ヴィールカを愛したことで胸に芽生えた新鮮な息吹が、心の裡を颯爽と膨らませる。

歩みを共にする、かけがえのない伴侶。その上、被毛としっぽもおまけでついてくるなんて痛快だ。アレクセイはほほ笑み、最愛の男の腕に身を委《ゆだ》ねた。そして二人、温もりを蕩け合わせて、いつまでも甘やかに寄り添い合っていた。

黄金《きん》の春の息吹き

一月は、狼たちにとって春の季節だ。

寒さはまだ厳しくとも、北方軍の狼部隊には何やら、普段とは違ってそわそわと高揚した雰囲気が漂い始める。そう――繁殖の時季を迎えるからだ。

アレクセイ・ヴァレーリエヴィチ・ザハロフは、寒空のもと、教練場の端に建つ物見塔の上に陣取っていた。ちらつく小雪が金髪や軍服の肩に降りかかるのも構わず、手にしている双眼鏡でじっと狼舎の様子を窺《うかが》う。

わざわざ離れた場所から覗《のぞ》き見ているのは、半屋になっている狼舎の屋外部分だ。倒木や岩石や乾いた土砂などを積み上げて森のようにした斜面、そこにひとつ、間口の狭い穴が空けられている。

狼の巣穴だ。今はその中に、無事に出産を終えた母狼が、生まれてきた六頭の子供たちと一緒に籠もっている。

「いかがですか？　閣下。頭くらいは見えますか？」

「いや、残念ながら見えぬな。やはり、まだ早いか……」

同じくそわそわ顔をしている従者のニコライが声をかけてくるが、アレクセイはため息をこぼして双眼鏡から顔を上げた。生まれたという報告を受けて三週間ほど経つが、天候の不順もあって、小さな彼らはまだ巣穴からは出てきてくれないようだ。

狼の習性として、生後しばらくの間は、巣穴に籠もった母狼だけが赤ん坊と接する。生まれての仔狼は目も見えず歯も生えておらず、かろうじて這い回ることくらいしかできない。だから母狼からたっぷり乳をもらい、懐《ふところ》でぬくぬくと大切にくるまれて育てられる。

その間、父狼や群れの狼たちは、全員が巣穴の前に集まり、雪が降ろうが吹雪になろうが、一丸となって周囲を見張り続ける。ちなみにもちろんのこと、繁殖の期間中はすべての軍事教練と座学は休止だ。狼部隊の面々には、新たな仲間を産み育てることだけに集中してもらう。

ヒト姿にもなれる人狼たちだが、仔を産む時は狼姿になることを望む。その方が母体への負担も少ないし、妊娠期間も約二ヶ月ほどで済むからだ。そもそも、子供たちは狼姿で生まれてくるわけだから、授乳や育児のことを考えれば、狼の姿でいた方が都合がいいらしい。

そんな人狼たちを手助けするため、軍の人間たちも万全の態勢を整えている。

何かあった時にすぐさま対応できるよう、狼部隊専属の獣医師や狼舎番に、昼夜を通して待機してもらっている。食餌も新鮮な生肉をたっぷり用意し、普段以上に不便なく過ごせるように格別に気を配る。だが今年は、彼らに力を貸してもらうことなく無事に出産を終えることができた。一報を聞いた時は、アレクセイもほっと胸を撫で下ろしたものだ。

人狼以外の狼たちからも着々とめでたい報告が届いており、どこの巣穴からもこの頃しきりに「きゅうきゅう」「くんくん」という元気な鳴き声が聞こえてくるそうだ。人狼たちの巣穴の六頭は特に賑《にぎ》やかで、外にいる大人狼の遠吠えに早くも応えてくれることもあるらしい。どんなにかやんちゃで、可愛らしい姿をしていることだろうか。そんな彼らに早く会いたくて、しかし急《せ》かすわけにもいかないので、アレクセイは今日もこうして、職務の合間に双眼鏡片手に狼舎が見えるところまでこっそり足を運んでしまうのだった。

人狼たちもまた、仔狼たちの様子を気にして巣穴の周りをうろうろしたり、興奮のあまり胴体をぶるぶると震わせているのが見て取れる。だが、今日は気温も低いし、諦めて戻った方がいいようだ。

アレクセイはニコライと共に苦笑いして肩の雪を払い、この場から立ち去ろうとする。が、ふと思い直して、双眼鏡を再び同じ方向へと向けてみる。

巣穴のちょうど上方、そこの尖った岩の上に、銀灰毛の狼が一頭座っている。巣穴の中にいる仔狼たちの父である、リドニクだ。

彼は先日、雌狼たちの中でも一番の美人を射止めてつがいを得た。妊娠が分かった時も、彼女が無事に出産を終えたあとも、ひときわ大声で遠吠えしていたのがリドニクだった。彼にとっては初の繁殖であるし、喜び勇むのも当然のことだろう。だから見張りの際は常にああして巣穴の上に陣取り、耳をぴんと立てて周囲を見据えている。

威勢のいい鼻息が聞こえてきそうなその姿を見、アレクセイは口許を緩めた。

狼舎は高い塀に囲まれた軍施設内にあるのだから、森の中と違って外敵が侵入して来ることはまずない。しかし、それを分かっていても、何かせずにはいられないのだ。伴侶や子供や仲間を守るため、愛するものたちのために理屈を置いて行動するのは、生き物の大いなる本能だろう。

（あっ、……）

と、双眼鏡の視界の外からひらりと、大型の銀狼がやって来た。

彼は白銀の身を翻《ひるがえ》して岩を登ると、鼻先を、しかつめらしい表情をしているリドニクの頬にむぎゅっ、と押しつける。リドニクは明らかに迷惑そうな顔をするが、構わずにもう一度むぎゅっ、を繰り返す。

ヴィールカだ。からかうようなその仕草《しぐさ》につい、アレクセイも苦笑をこぼす。

すでに子を持つヴィールカだから、親友におそらく『気負い過ぎるな』とでも言っているのだろう。いつかアレクセイにそうしてくれたように、太い尾をわざと、父親になったリドニクの鼻の前でわさわさと振る。

リドニクは不満そうにしつつも、人間で言えば眉の部分を下げて、小雪の中でヴィールカと親しげに身を押しつけ合い始めた。友の意見どおり、少し休憩することにしたようだ。あちこちの毛繕いをしたり、首許や背中に顎《あご》を載せたりと、いかにも仲睦まじい。

「閣下、お時間の方が……」

「ああ、そうだな。行こう」

狼たちの戯れを眺めていたいところだったが、ニコライが申し訳なさそうに腕時計を指した。幹部会議があるのだ。

アレクセイはうなずいて双眼鏡を懐にしまい、最後にもう一度、巣穴とその上にいる狼たちを見やってから場をあとにした。ヴィールカもかつてはきっと、巣穴の外で愛する我が子を思いながら見張りに勤《いそ》しんでいたのだろうな……と想像しながら。


ごく薄い陽が射す、少しだけ気温が上がった日のことだった。

ニコライから緊急の報告を受けたアレクセイは、外套を羽織り、執務室を飛び出して足早に狼舎へと向かう。

「閣下、そんなに急がなくても仔狼たちは逃げませんよ、きっと」

「うむ、そうは言ってもな……」

しかし、そう提言するニコライの口許も、アレクセイと同じようにほんのり緩んでいるのだ。

ようやくこの日が来たのだと、軍靴の足が自然と弾んでしまう。

歩哨《ほしょう》の敬礼を受けて門を潜《くぐ》り、狼舎内を突っ切って屋外へ出る。と、一様に興奮した様子でいる大人狼たちの間に――いた。雪の上を、ちょこまかと駆け回っている黒灰色の者たちが。

「……おお！」

アレクセイもまた、目を輝かせてその場に立ち尽くす。つい軍人らしからぬ感嘆の声がこぼれてしまうのを、自分でも抑えられなかった。

六頭の仔狼たちはそれぞれ思い思いの場所で、群れの大人狼の身体によじ登ったり、尾にまとわりついたりして元気に動き回っていた。まだ丸みを帯びた顔に、ちょこんとついた小さな耳、つぶらな瞳、柔毛に覆われたむくむくした手脚……まるで生きているぬいぐるみのような愛らしさに、思わず身震いしそうになってしまう。

『中佐閣下！　見てくれ、どの子も可愛らしいだろう』

その時リドニクが、仔狼の数頭を引き連れてやって来た。我が子と初《はつ》対面して見るからに誇らしそうな、そして、にんまりと脂下《やにさ》がった顔をしている。

狼のそんな表情を見たのは初めてで、気持ちは分かるのだが、アレクセイはつい噴き出しそうになってしまった。子供の前では群れの長も形無しなのだ。

「ああ、まったくだな。皆元気で何よりだ。だが一応、あとで獣医師の診察を受けてもらうぞ。母親も子供もな」

『分かってるさ。俺もその方が安心だ』

「ところで、どうだ？　リドニク、父親になった気分は」

『最高だ。一日中遠吠えしていたいくらいだ』

そう答えて、雪の上で興奮のあまり飛び跳ねる。それを見た仔狼たちも揃って、短い脚でぴょんぴょんと親の真似をし始めた。可愛い。ものすごく可愛い。その形容詞しか浮かばず、これではリドニクを笑えないなとアレクセイは内心で苦笑する。

一方の仔狼たちはといえば、初めて見たであろう〈二本脚の生き物〉を前にして、ふたつの瞳をこぼれそうなくらい見開いていた。リドニクが横から『怖い人ではないぞ』と教え諭《さと》すが、警戒心を滲《にじ》ませた表情で、まずはくんくんと盛んに匂いを嗅《か》ごうとしてくる。

無理もないなと、彼らの好きにさせることにして、アレクセイは雪上に膝をついた。と、その中の一頭が――いかにも気の強そうな顔つきの仔が――近づいて来、果敢にも腿に乗って来る。

驚きと嬉しさに、アレクセイは目を丸くした。最接近されてつい、小さな頭に手が伸びそうになるが、しかしいきなり触れることはせず、まずは動きを見守る。

仔狼は極めて真剣な顔で、琥珀色《こはくいろ》の瞳でじっとこちらを見上げて、つぶやいた。

『……にんげん』

「ああ、そうだ」

言葉を話すということは、この仔は人狼のようだ。アレクセイはにっこりと穏和な表情を作り、優しく話しかけてみる。

「君の両親と群れの皆に、いつも世話になっている者だ」

『……ふうん』

仔狼はひとつ鼻を鳴らし、なおも手やあちこちの匂いを嗅いでくる。柔らかな被毛を撫でるその機会をこっそり窺うアレクセイだったが、仔狼はそのうちに飽きたのか、そのままひょいと前肢を離してリドニクのもとへと戻って行ってしまった。

子供特有の気まぐれな仕草すらもほほ笑ましくて、アレクセイは小さな背中を見送る。ちょっと残念だが、まあ、仕方がない。

このやり取りの間、他の仔はどうしていたかというと、うー、と吼えかかるような顔をする仔、離れた場所からじっと観察に余念がない仔など、反応はそれぞれ違った。こんなに小さいうちからすでに個性らしきものが顕《あらわ》れていることに、新鮮な感動を覚えてしまう。

『中佐閣下。ジーナのこともねぎらってやってくれ』

「ああ、そうだな」

リドニクに声をかけられ、うなずいて立ち上がる。彼が尾で指し示した先に、つがいであるジーナが、食べた生肉を吐き戻して仔に与えていた。小さいうちはこうやって、大人が半分消化したものが仔の食べ物となるのだ。

「ジーナ、話しかけても構わないか？」

『ええ、もちろんよ』

柔肉にがつがつと食らいついている我が子から顔を上げ、ジーナがこちらを向く。もともときりっとした顔つきの美狼であるが、仔を産んでよりいっそう逞《たくま》しく、そして美しくなったようだ。

「身体の具合はどうだ？　六頭も産んだのだから、さぞ大変だったろう」

『おかげさまで何ともないわ。軍内は環境も栄養状態もいいから、お産にしっかり集中できたの』

「それはよかった。獣医師や狼舎番にも伝えておこう」

陰で骨折ってきた彼らも喜んでくれるだろうと、アレクセイは言葉どおり破顔する。

『閣下にもお礼を言わなくちゃね』

「わたしは何もしていないさ。そうだ、子供たちの名前は決まったか？」

『まだリドニクと相談中なの。早く決めなきゃいけない？』

「そんなことはない。大事なことだから、二人でじっくり話し合ってくれ。ともかく、よく頑張ってくれた。まだしばらくは、ゆっくり養生してくれ。世話してくれる皆もいるのだからな」

狼は、群れが全員で協力して子育てをする。社会性の高い彼らは自分の子供でなくても餌を与え、温かく庇護し、愛情を注いで慈しむ。時季がきたら狩りにも帯同して、技術や知恵を次世代に伝えていくのだ。もちろん狼部隊も、課外訓練の一環として、いずれは仔狼と共に害獣駆除も兼ねた狩りに従事してもらうことになっている。

そうして結ばれた絆、仲間同士の連携は、目を見張るほどに強固なものだ。大勢の兵士たちを率いる立場のアレクセイなので、狼たちの動きからは学べるものが多くある。近頃では、軍隊のために彼ら狼部隊を置いているのではなく、軍隊組織を鍛《きた》え上げるために、狼たちの深い懐を見習わなければならないとすら思うくらいだ。


『かあちゃん、もっと』

『はいはい』


食欲旺盛な仔に催促され、ジーナが再び給餌の体勢に入る。食べる肉はたっぷり用意してあるから、森の中とは違い、獲物が獲れなくて飢えることは決してない。

あどけない仔狼たちをほほ笑ましく眺めながら、アレクセイは思う。

自然に生きる仔狼のうち、大人になるのは半数に過ぎないそうだ。だが、北方軍に身を預けてくれた以上は、そんな過酷な運命は辿らせはしない。群れの大人狼たちに倣《なら》い、それ以上の責任と愛情を持って仔狼たちの成長を見守ろうと、改めて心に誓う。

母子の邪魔をしないよう、アレクセイはそっとその場から離れた。そして周囲を見やる。狼たちは思い思いの場所で寝そべって仔狼たちを眺めているが、さて彼は何をしているのだろうかと、ヴィールカの姿を探す。

ヴィールカもきっと、仔狼たちの姿を見てほくほくしているに違いない――と思っていると、向こうにいた。二頭の仔狼にまとわりつかれ、後肢にそれぞれ一頭ずつ彼らを引きずりながら、えっちらおっちら歩き回っているヴィールカが。

「……ふふっ」

思わず噴き出す。まるで、本当の父親のようではないか。と、彼の目がこちらを向いたので、軽く手を上げながらそばへと歩いて行く。

『アリョ……アレクセイ中佐閣下。来ていたのか』

琥珀色の瞳をぱっと輝かせ、ヴィールカが走り寄って来る。後肢で立って勢いよく胸許に飛び込んでくる巨狼を、アレクセイは踏ん張って受け止めた。

そういえば、ヴィールカともずいぶん触れ合っていないなと思い出す。時季が時季なので、こっそり逢瀬《おうせ》に当てる時間などはないのだ。久しぶりの被毛の、くすぐったくも心地よい感触をこっそり愉《たの》しみながら、自分からも彼を抱きしめてやる。

ヴィールカがじゃれついてくる間も、仔狼たちはかたくなに後肢から離れようとしなかった。ちんまりした前肢で一生懸命しがみついているのが何とも可愛らしく、アレクセイはそれを横目で見守る。

「ああ、わたしも楽しみだったからな、子供たちに会えるのが」

『このとおり皆、元気すぎるくらいだぞ。俺が走ろうが飛び跳ねようが、まったく物怖じしないんだからな』

「本当だな」

会話を聞いているらしい仔狼たちの耳が、ぴくんぴくんとひっきりなしに動く。ヴィールカの脚で掴まり立ちをしながら、興味津々の目つきでこちらを見上げてくる。

『ほら、撫でてやったらいい。可愛いぞ、皆丸々として』

「……いいのか？」

気前のいい申し出に、アレクセイは逆に途惑ってしまう。

もちろん頭を撫でてやりたかったし、せっかくだから懐に抱いてもみたかった。だが、こちらはただの〈人間〉だ。仔狼たちの方から寄ってくるのならまだしも、無遠慮に触っては嫌がられるだろうと、さっきのように気後れする気持ちが湧く。

しかしヴィールカは『別に構わんぞ』と鷹揚《おうよう》に言ってのける。

『何だ、気が引けるか？　だが、リドニクもジーナもきっとそう言ってくれるはずだぞ。アレクセイももちろん、群れの大切な仲間の一人だからな』

「……、」

温かい手のひらでふわり、と心を包まれたような心地がした。仲間——ありがたい言葉が熱となり、じんわりと胸に沁み入ってくる。

では、と雪上に片膝をつき、〈小さな仲間〉に向かって思い切って腕を広げてみる。すると二頭の仔狼は瞳を輝かせながら、先を競い合うようにして膝許に飛びついてきた。警戒もしないのは、ヴィールカがさっきさんざんじゃれついてくれたおかげだろうか。

「おお、よしよし。ふふ、本当に元気いっぱいだな」

念願の柔らかな毛並みを笑顔で受け止め、ぞんぶんに撫でてやる。仔狼たちも親愛の情を示してか、そちこちを舐めたり身体を擦り付けたりしてくれた。可愛い。どの角度から眺めても可愛い。身動きしているところを見ると、より強くそう思う。

『そいつは一番の甘えん坊だぞ』

「そのようだな。よしよし、こうされるのが好きか?」

すり寄ってきた小柄な一頭を腕に抱え、ここぞとばかりにあちこちをくすぐってやる。すると相手は、きゅうん、と気持ちよさそうに鼻を鳴らしてうっとりとまぶたを細めた。その表情がたまらず、愛《め》でる手にもいっそう熱が入ってしまう。

『動物好きだものな、アレクセイは』

二頭から束の間解放されたヴィールカが、雪上に腹を伏せてこちらを見やる。すっかり見透かされているのが気恥ずかしいが、おかげで貴重な体験ができた。仔狼に二頭がかりでじゃれつか

れるなど、なかなかないことだろう。

「ありがとうな、ヴィールカ」

心を込めて礼を伝えるが『いや何』とそっけなく返される。しかし尾はそれに反して、ひょい、と嬉しそうに振られるのだった。

アレクセイはほほ笑む。ヴィールカの頭もせっかくなので撫でてやろうと思って手を伸ばすが、その時、膝許にいた一頭がぴょん、といきなりヴィールカの背中に飛びかかった。いかにもやんちゃな様子で、自分の倍以上もある大人狼の体軀《たいく》をねじ伏せようとする。

するとそれを見ていた甘えん坊のもう一頭も、アレクセイの腕から飛び出してヴィールカへと突進して行った。そしてきょうだい揃って攻撃の真似事をし、尾や耳やあちこちに噛みつき始める。

仔狼はこうやって、群れの仲間たちとじゃれ合うことで筋力を鍛え、仲間意識を身につけていく。とはいえ、おもちゃにされる大人狼は大変だろう。アレクセイは苦笑しつつ、好き放題にされているヴィールカをねぎらう。

「子守り、ご苦労だな」

『何、当然のことだ。皆こうやって大きくなっていくんだ』

実親以上に頼もしい言いぶりだった。と、ヴィールカが『ようし』と背に二頭を乗せたまま立ち上がり、近くに転がっていた食餌の残りの骨のかけらを咥《くわ》える。

ヴィールカはまず、それを嚙んで危険がないことを示し、首を振ってひょいと遠くへ放る。すると興味を引かれたらしい仔狼たちは、競って背から降りると骨に向かってひた走って行く。

『俺も行ってくる。あいつら、まだまだ遊び足りないようだからな』

「ああ、頑張ってくれ。……ふふ」

雪を蹴散らしてゆくヴィールカの精悍《せいかん》な後ろ姿に、自然と口許が緩んだ。経験者だけあって、子供の相手はお得意のようだ。ロルカが小さかった頃もあのように遊んでやっていたのだろうな……と想像しながら、裾を払って立ち上がる。

さてそういえば、そのロルカはどこにいるのだろうか。

まだ若い狼たちももちろん、兄姉として子育てに協力してくれているはずだが——と辺りを見回すと、広場の端に、いた。目を凝《こ》らさないと見落としてしまいそうなほどのところに、ぽつんと一頭で。

いつもは友達と一緒にいるのに珍しいことだ。何かを眺めているようなので視線を追ってみるが、アレクセイはそこではっと息を吞《の》む。

向こうではヴィールカが、相変わらず仔狼たちと仲良く戯れていた。彼らに左右から挟まれ、本当の親さながらに顔を揉みくちゃにされている。

ロルカはそんな父親から目を逸《そ》らすと、しゅんと尾を下げ、群れからさらに離れたところへとぼとぼ歩いて行く。後ろ姿に胸を突かれ、アレクセイは思わずあとを追った。

「ロルカ」

優しく声をかけると、彼は立ち止まってくれた。しかし尾を後肢の間にたくし込むようにし、どことなく決まり悪そうな表情を浮かべている。

「一人か？」

『……、』

いつも元気なロルカだが、今ばかりはそうではなかった。無理もないことだと、アレクセイは穏やかな顔をして彼のそばでしゃがむ。

「食餌は済んだか？」

『……はい』

頭を撫でてやると、ロルカはますます気まずそうな顔をする。子供っぽくいじけている自分がみっともないと、自分自身でも分かっているのだろう。

そんな彼の前で、アレクセイは温かく両腕を広げてやる。

「ほら、来るか？　わたしの腕で申し訳ないがな」

ロルカはためらっていたがやがて、むぎゅ、と顔を胸許に埋めるようにして寄ってきた。彼の複雑な心境を不憫《ふびん》に思い、アレクセイは相手にしっかりと両腕を回してやる。

「よしよし……うん、そうだな。寂しいものだよな、仔が生まれて忙しいとはいえ、放っておかれっぱなしで」

人間もそうだが、赤ん坊が生まれると、大人が皆そちらにかかりきりになってしまう。今までは第一の存在として可愛がられ、大切にされていた子供にとっては、何とも辛いところだろう。

「だがな、ロルカ……」

言葉を選び、優しく言い聞かせてやる。

「仔狼たちは、自分ではまだ何もできない。生まれてたったひと月ほどだからな。食べるものだって、大人が一度手をかけてやらないと食べられないんだ。だから、群れの皆で協力して仔狼たちを育てている。これは狼たちの大切な営《いとな》みのひとつだ。分かるな？」

『……』

「それに、放っておかれたからといって、ロルカのことがどうでもよくなったわけではないぞ。ロルカはヴィールカにとってたった一人の息子なんだからな。今はただちょっと、やらなければならないことで手いっぱいになっているだけだ。そのことも分かるな？」

『……分かる』

小さな声だったが、ロルカははっきり答えた。そうだろう、もちろん分かっているのだ。だが、心がすぐについていかないといったところか。

徐々に銀灰色から白銀に変化し始めている被毛を、アレクセイは繰り返し撫でてやる。成狼に近づきつつある体軀。体色もそうだが骨格もしっかりとして、もう〈子供〉とは言い切れないくらいだ。しかし、その心はまだ成長の途中にあるらしい。

ロルカは、優しく撫でられたことでますますしゅんとしてしまったようだ。彼の葛藤が痛々しくなり、アレクセイは思案する。

ヴィールカの子供なら、自分の子供も同然だ。だから、心を少しでも癒してやりたい。かといって、赤子のように扱ってはロルカは面白くないだろう。では、さて、どうしたらいいものか。

(そうだ……)

ふとあることを思いつき、抱きかかえているロルカに耳打ちする。すると、両の耳がぴょこ、と興味を引かれたように動く。

「どうだ? 前に一度、見たいと言っていただろう」

『はい、でも……いいのですか? 閣下』

「ああ、もちろんだ」

瞳を見つめ、力強くうなずいてやる。

「他ならぬロルカだから許すんだ。誰にも言わずにいられるな?」

『はい』

素直にうなずく彼の頭を、笑顔で撫でてやる。

「よしよし。そうだな、ロルカはいい子だからな。わたしはいつも見ているぞ」

『……えへ』

と、下がりっぱなしだった彼の尾が左右に振られた。ようやく明るい表情を見せてくれたロルカを見、アレクセイはとりあえずは口許を緩める。この提案が少しでも、彼の気晴らしになってくれるといいのだが。


仔狼たちが巣穴から出、乳離れしてきた辺りを見計らって、軍事訓練も再開される。

その日は野外演習場にて、ヴィールカ班とリドニク班に分かれての紅白戦が行われることになっていた。人狼の精鋭たちを二班に分け、互いの陣地に攻め入る訓練だ。

「こっちだ、ロルカ」

端に建つ物見塔の階段を、アレクセイはロルカを伴ってこっそり上がって行く。

ロルカのように、まだヒト化できない若い人狼たちは戦闘訓練には参加できない。いつだったか、『父ちゃんがどんな訓練をしているか見てみたいなあ』とロルカがこぼしていたのを思い出したので、今回、特別に見学させることにしたのだ。

最上階の物見台に着くとロルカはさっそく、待ち切れない様子で木製の手すりに前肢を掛けて尾を振る。

「見えるか？　ロルカ」

『はい。とっても』

「踏み台は必要ないようですね」

それを抱えて同行してきたニコライがにっこりする。「では、閣下がお使いになりますか？」と冗談顔で問うてくるので「いや、いい」と苦笑いし、ロルカと並んで演習場を眺める。

向こうでは、久しぶりにヒト姿となって戦闘服を着込んだ面々が、班に分かれて柔軟運動をしたり、銃器の調整を行ったりしていた。今回の訓練では、本物と同じ重さの模擬銃が一人に一丁与えられている。金属の銃弾代わりに塗料を仕込んだ軟性のゴム弾を使い、上半身に二発以上これを受けたら戦線から離脱するという決まりだ。

まだ戦闘開始前だが、班長二人はさっそく、熱い火花を散らし始める。

「リドニク。分かっているだろうが、手加減は一切しないからな」

「もちろんだ。ヴィールカ、お前の首を、子供たちへの手土産にしてやる」

と、アレクセイがいるところからはそんな会話をしているように見える。まあ、実際に獲るのは旗なのだが。互いの陣地に立てた、紅か白の旗を先に獲った方が勝ちだ。

『閣下、わくわくしますねえ』

「そうだな。ロルカ、ヴィールカの恰好いいところをしっかり見ておけよ」

『はい！』

盛んに尾を振るロルカを見、アレクセイはほほ笑む。が、ヴィールカの勇姿に期待しているのは自分も同じだった。班員を率いて果たしてどれだけの活躍をしてくれるのか、上官として、そして恋人として期待が昂《たか》ぶる。

くじで紅白を決める。様子からするとどうやら、リドニクが紅で守備側、ヴィールカが白で攻撃側になったらしい。

ヴィールカはかすかに眉を寄せるが、リドニクはほんの少し得意そうな顔をする。守備側には、斜面になっている敷地の上方、つまり、攻撃側を一望できる陣地が与えられるからだ。そこには、砲台を据えておくコンクリート製の要塞もある。

リドニク班が要塞に籠もってしまえばもちろん、ヴィールカ班が攻め込むのは容易ではなくなる。だが、さて、ヴィールカはその不利な局面でどう出るのだろうか。

陣地に分かれ、互いに陣形を整える。見たところ、リドニク班はやはり、要塞に籠城する戦法を取るようだ。その背後に紅旗を立てているが、もちろん、旗までは近づけさせないということか。

一方のヴィールカ班は敵陣の際まで下がり、一カ所には固まらず、斜面の上でばらばらになって持ち場に着く。いっぺんに攻撃されてしまうのを防ぐためだ。基本に忠実な位置取りだが、ここからどのように展開していくかが、指揮官である班長の腕の見せどころだ。

戦の前の静寂。アレクセイも静かに息を呑む。それを切り裂くように、高々と開始の笛が鳴った。

『うわわっ……』

開始早々、猛攻が始まった。リドニク班が放つ銃撃音が響き渡り、ロルカが興奮に声を上げる。どうやらリドニク班は、有利な地形を生かして、攻め入る隙を与えることなく敵を全滅させるつもりらしい。そのとおり、ヴィールカ班の全員がうかつに動けず、腹這いで銃を撃つ余裕もないまま、その場に釘付けにされてしまう。

短期決戦を計ったなかなかに勇猛な作戦だが、さて、思い描くとおりになるだろうか。ヴィールカがこのまま、おとなしくやられっぱなしでいるわけがない――

アレクセイがそう期待していると、やはりヴィールカは、地形のわずかな死角を利用し、顎を地面につけてじりじりと斜面を登って行く。それを見た命知らずの班員たちも、這うようにしてヴィールカのあとに続き始める。

と、班員の一人が煙幕弾を投げた。ぱっと広がった白煙に紛れて、ヴィールカたちは斜面の途中にあった小ぶりなトーチカに身を潜《ひそ》める。そして、果敢にも銃撃を仕掛けていく。

『すごい……すごいですね、閣下！』

「うむ。なかなかの攻めぶりだな。だが、ここからだぞ」

ロルカと一緒に身を乗り出しながら、アレクセイは攻勢を見守る。だが激しい攻撃のせいで、ヴィールカ班には何人かの離脱者も出始めた。が、それはリドニク班も同じだった。一人、また一人と、削り取るかのようにヴィールカ班が敵地に銃弾を撃ち込んでいく。

その時、ヴィールカのもとへ、銃を抱え持ったイーゴリが這ってやって来た。姿勢を低くした彼にヴィールカが前方を指さしているところからすると、イーゴリに、敵の最有力狙撃手を撃たせようとしているらしい。

アレクセイの肌が粟立《あわだ》つ。主力を叩く作戦に出るとは。短期決戦を選んだのは、ヴィールカとて同じらしい。

しかし、イーゴリには少々荷が重すぎるのではないだろうか。彼の訓練成績は射撃以外は平均的、性格の方もかなり控え目だ。まあ、沈着冷静と言い換えてもいいかもしれないが……。

だがイーゴリは、言われたとおりに伏せ撃ちの体勢を取り、静かに銃の照準を合わせる。彼が狙うのは、射撃の成績がずば抜けていいヴァレリーだ。その腕は狼部隊一、いや、北方軍一といっていいほど卓越している。戦闘が始まる前、「任せたぞ」とリドニクも彼の肩を叩いていたくらいだから。

ヴィールカ班の作戦を察したか、リドニク班は素早く撃ち手の位置取りを変えた。そうはさせるかと、複数の銃口がさっそくイーゴリに向けられる。すると、

「ヨシフ、エフィム、援護しろ！」

ヴィールカの命令を受けた二人がイーゴリの左右に出、敵を撹乱《かくらん》するために発砲する。息の合った二人の攻撃を受け、リドニク班も徹底抗戦に出た。要塞のすべての銃口が火を噴き、激しい銃撃音が戦場一帯で雨あられのごとく鳴り響く。

銃弾が飛び交う中、イーゴリの背に手を置き、ヴィールカが何か話しかけているのが見える。お前はやればできる奴だ――そんなことを囁いてでもいるのだろうか。

イーゴリが頭を低くし、息を吐いて集中の態勢に入る。狙撃手同士の対決に、遠方にいるアレクセイもぐっと固唾を呑んだ。

イーゴリが、一点を見据えて引き金を引いたその瞬間、

「っ……！」

ヴァレリーのこめかみで、ぱっと赤い塗料が散った。二射目、とどめの一撃も同じように、胸で赤く弾ける。

攻撃の要である狙撃手が撃たれ、リドニク班に動揺が走った。その隙を突き、ヴィールカが班員に向かって吼え猛る。

「総員突撃！」

鬨《とき》の声を上げ、ヴィールカ班が斜面を駆け上がって行く。リドニク班は、一カ所に籠もっていては一網打尽《いちもうだじん》にされると思ったのか、要塞から飛び出して反撃に出た。が、陣形を整える間がないせいで、ヴィールカ班がその綻《ほころ》びを狙って猛然と攻め入る。硝煙の中でたちまち、両者が入り乱れての接近戦が繰り広げられる。

「おお……」

拮抗《きっこう》する両班を見、アレクセイは驚嘆した。訓練であることを忘れる、白熱した戦いぶりだ。ロルカもまた興奮にはっ、はっと舌を出し、手すりから身を乗り出さんばかりにして尾を振る。

「ロルカ、落ちないように気をつけ――」

彼の肩に手を置こうとした時だった。ロルカが大きく身震いし、その身体の輪郭《りんかく》がぶれる。総毛立った被毛がそして、蒸発するかのように一気に消滅していく。

「う……うわっ！」

アレクセイは叫び、ニコライと共に一歩退いた。数瞬ほどのその変化ののち、裸体のあどけない少年がそこに出現する。

「……、」

少年は、琥珀色をした両の目を、アレクセイ同様、こぼれんばかりに大きく見開いていた。自分の両手の五指を見つめて息を呑み、そして順繰りに、裸の腕、胴体、脚などを、信じられないものでも見るような目で眺め下ろしていく。

彼が手指と口許を、驚愕に震わせながらこちらを向く。

「……か……閣下」

「……ロルカ」

お互い顔を見合わせ、ただ呆然《ぼうぜん》とする。と、その時、空を突く甲高い笛の音が響き渡った。

ぎくっとして教練場を向く。するとそこには、ヴィールカが紅い旗を掲げて拳《こぶし》を天に突き上げている姿があった。地面にはリドニクが、悔しそうな顔で大の字になっている。

二人の模擬銃が地面に放り投げ出されているということは、最終的には素手での取っ組み合いになったらしい。訓練の趣旨からは外れるが、とにかく決着はついたようだ。班員と共に雄叫びを上げているヴィールカを見、ほっとひとつ息をつく。

その時リドニクが立ち上がり、激闘を交わした相手に握手を求めた。二人が見つめ合い、ヴィールカがそれをがっしと握り返す。と、両班からやんやと歓声が上がった。

その光景を見届け、さて……とアレクセイは、ヒト化したロルカに向き直る。おそらくだが、

興奮しすぎたせいでこうなったのだろう。髪の色も、瞳の色も、面差しも、ヴィールカと実によく似ていた。歳の頃は、やせっぽちなので判断がつきかねるが、十歳よりも少し手前といったところか。

「……っくしゅん！」

「おっと」

はっとして外套を脱ぎ、急いで肩に掛けてやる。都合よく服までは出現しないのだ。

「か、閣下……おれ……」

「大丈夫か？　よしよし、驚いたろうな、ロルカが一番」

寒さと動揺で震え出すロルカを、胸許に抱きしめてやる。親たちの〈変身〉を間近で見てはいても、いざ自分の身に起こってみると驚くはずだ。

同じようにあんぐり口を開けていたニコライに、子供用の衣服と靴を持って来るように命じる。

慌てて塔を降りて行く従者を見送りながら、ロルカを腕で包んでやる。

「さて……と」

呼吸が落ち着いたところを見計らって、アレクセイは言った。

「行こうか、ヴィールカのところへ。もちろんわたしも一緒に行くぞ」

「……行かなきゃ駄目？」

上目遣いのロルカからそう問われ、つい苦笑してしまう。恥ずかしいのか、それとも、照れているのだろうか。

（——いや、）

相手の潤んだ瞳を目の当たりにし、はたと思い当たる。そうか、不安でたまらないのか。いきなり自分の姿かたちが変わったのだ、驚くだろう親の顔を想像したら、恐ろしくなってしまったのか。

人狼の複雑な心境を思い、アレクセイは今さらながら嘆息した。ヒトにも狼にも変化できるという〈特殊な〉身に慣れるまでは、しばらく時間がかかるに違いない。

アレクセイは、うつむいて外套の前をしきりにかき合わせているロルカの前で屈む。そして視線を合わせ、温かい声で囁いた。

「大丈夫だ。どんなロルカでも、ヴィールカは受け入れてくれるに決まっているじゃないか。もちろん、わたしだってついているぞ」

「……うん」

泣き出しそうに張り詰めていた顔が、少しだけ緩む。外套の上からぽん、と肩を叩いて励ましてやり、ヴィールカがいる演習場へと向かう。

「ロ……ロルカ？　ロルカなのか？」

その瞬間のヴィールカの反応も、おおむね似たようなものだった。

やって来たアレクセイが抱っこしている裸の少年を見て、最初は「？」と不思議そうな顔をしていた。靴がないので、こうして抱きかかえて連れて来るしかなかったのだ。

その彼が誰かを察した途端《とたん》、ヴィールカは目を見張ってその場に立ち尽くした。が、よろめきながらもすぐに歩み寄って来、身を屈めて我が子の頬を手のひらですっぽりと包み込む。かたちを確かめるかのように。

「父ちゃん」

「ロルカ……」

ヴィールカは小さく鼻を鳴らすと、相手に合わせた琥珀色の瞳に慈愛を滲ませて言った。

「上手い言葉が見つからないが……お前もひとつ、成長したんだな」

感極まった父が、がっしと息子を抱きしめる。その背にも、細い腕がひしと回された。

群れの仲間たちから、温かな拍手が起こる。アレクセイもまた、親子のやり取りに胸をじんわりと熱くした。よかった。やはり心配無用だった。

「と、父ちゃん、おれ、おれ……」

「どうした、泣かなくてもいいじゃないか。どれ、よく顔を見せてみろ」

「何だ、お前よりもいい男じゃないか？」

リドニクが乱入し、さっそく軽口を叩いてくる。集まって来た群れの皆もロルカを取り囲み、「いきなりで驚いたろうなあ」「どうだ、ヒトになってみた感想は？」などと声をかけてくる。誰もが通ってきた道であるからか、言葉は一様に優しく、いたわりに満ちていた。

立ち話も何なので、演習場の横にある隊舎に移動する。ここには人狼たちがヒト姿で過ごす時のために、食堂や浴場、遊技場や個室などが設《しつら》えてあるのだ。

とりあえず談話室に入り、石炭ストーブを焚いて前にロルカを座らせる。その頃にはロルカもヒトの身体に慣れてきたらしく、どのように変化が起こったのかを、ヴィールカ相手に身振り手振りで説明し始めた。

「お腹の下辺りがざわざわして、かっと熱くなったと思ったら、ぐうん、っていきなり背が伸びて……」

「うんうん。ヒト化すると目線の高さが変わるから、最初は途惑うな。ところでロルカ、狼姿には戻れるのか？」

はたと瞬きし、ロルカは拳を握ると、何やら椅子の上で踏ん張る仕草をする。

「うー、うー……」

ひとしきり唸《うな》ってみたものの、やがて「できない……」とがっくり肩を落とす。ヴィールカが苦笑し「うん。まだまだ不完全だな」と自分の顎の下をさする。

「戻った時の姿を、強く思い描いてみるんだ。ほら」

「うーん、うぅー……」

「まあ、いいじゃないか。しばらくこのままで」

さっき大活躍を見せたイーゴリが、鷹揚に言ってのける。

「まだ気が張っているだろうから、心が落ち着けば自然と戻るさ」

「そうそう。せっかくだし、しばらくはヒトの身体を楽しんでみたらいい」

仲間たちが口々に言い添えていると、その時ニコライが「遅くなって申し訳ありません」と少年兵用の衣服一式を抱えて持って来た。肌着や靴下など、細かいものまで揃えてくれている。

「どれ、着方を教えてやる」

それを受け取ったヴィールカが、まずは下着を身につけさせる。次にシャツを広げて羽織らせ、前に並んだ釦《ボタン》を指さす。

「この穴に入れて留めるんだ。ほら、やってみろ」

ロルカは言われたとおり、顎を喉にくっつけて真剣な顔つきで指先を使い始めた。しかし小さな釦はなかなか嵌まらず、その唇がだんだんと尖ってくる。

「父ちゃん、難しいよ……」

「ゆっくりでいい。焦る必要はない。失敗したって誰も叱らないから、まずは自分でやってみろ」

厳しいが、愛の籠もった言葉だった。アレクセイもヴィールカに倣ってあえて口は挟まず、傍《かたわ》らで見守ることに徹する。

苦心したおかげで、シャツは何とか恰好がついた。喜びに目を輝かせるロルカにヴィールカはズボンと靴下を履かせ「よし。次はこいつだ」とベルトを手に取る。

「腰の周りにこれを通す場所があるだろう。そうしたら、この小さい穴にこれを……」

「えー……」

げんなりするロルカを、ヴィールカは笑顔で励ます。

「ヒトの身はやることがたくさんあるんだ。ほら、もうひと息だ」

ロルカは不満そうにしながらも、ベルトを持って一生懸命に先端を通し始めた。彼の頑張りを見物していた群れの仲間たちも「俺たちも着替えるか」とシャワー室へと向かい始める。リドニクも「じゃあな、頑張れよ」と応援の手を振り、部屋から離れて行った。

時間はかかったが、ベルトを締めて上着を着、一人の少年兵士が出来上がった。「できた、できた」と頬を紅潮させて胸を張るロルカを見、ヴィールカもアレクセイもほっと息をつく。

「よし、最後まで頑張ったな」

「似合う？　父ちゃん」

「ああ、よく似合うぞ。立派になったな、ロルカ」

ヴィールカは穏やかにほほ笑んで息子の頭に手を置き、同じ白金色をした髪をわざとぐしゃぐしゃかき回す。ロルカは照れたようなくすぐったいような、そして、この上なく誇らしいような表情をしていた。

「ご褒美に、靴紐は俺が結んでやろう」

ヴィールカが足許に屈み、靴紐を丁寧に結ぶ。それをかたちよく整え終えて頭を上げたのを見計らい、アレクセイは口を開いた。

「じゃあ、ロルカ。これはわたしからのご褒美だ」

二人が驚いてこちらを向く。アレクセイは手に隠し持っていた小箱の蓋を開け、サテンにくるまったバッジを出して見せた。

士官学校の幼年部に入学した者に贈られるものだ。執務机の中にそれがひとつあるのを思い出したので、ニコライに、衣服と併せて持って来るよう伝えてあった。

輝く金色のそれを見て瞬きしている二人に、思いを込めて説明してやる。

「もちろん、入学にはまだ早いし、ロルカは帝国士官学校へ入るのではなく、このまま北方軍で軍隊教育を受けることになる。だが、今日は彼にとって、ひとつの節目となるような日だ。だからそれを記念して、わたしからはこれを贈らせてもらえないだろうか？」

「……中佐閣下」

ヴィールカが、感に堪《た》えないようにひとつ息をつく。

「粋《いき》な計らいに感謝する。ロルカの親として、願ってもないことだ」

そして息子の背をとん、と押す。ロルカは途惑いながらも姿勢をよくし、「ありがとうございますっ」と元気よく述べた。はきはきした口調に、アレクセイの口角が自然と上がる。

「ロルカ、ではそこに立ってくれ。ヴィールカはそちらに……」

襟許を正したヴィールカに、ロルカを後ろから見る位置に立ってもらう。そしてさっそく、三人だけの授与式を執り行う。

アレクセイは懐から取り出した手巾でバッジをつまみ上げ、ロルカの前で片膝をつく。そして、実際の士官学校の入学式さながらに、胸許にうやうやしくバッジを留めてやる。

厳粛な空気を感じたのか、ロルカがきゅ、と口許を引き締める。この子は賢い子だ。そんな彼の未来が輝かしいものであるように、金色のバッジを見栄えよく整えてやる。

「ロルカ」

「はいっ」

贈る言葉が彼の胸に刻まれることを祈りながら、続ける。

「君は我々の大切な仲間の一人だ。ロルカの存在は、群れの皆にとっても、わたしにとっても、もちろんヴィールカにとっても、掛け替えのないものだ。ロルカが日々健《すこ》やかに成長していくことを、誰もが喜ばしく、そして愛おしく思っている」

ヴィールカが後ろで、同意するようにうなずく。ロルカも口許を結び、大きな瞳をかすかに潤ませる。

「おめでとう……と言うのはあまり適切ではないかもしれないが、人狼としてひとつ進化できたのは喜ばしいことだ。今後も、ますますの成長を期待しているぞ」

「はいっ！」

緊張しながらも清々しい返事だった。それに笑顔で応え、アレクセイは踵《かかと》を鳴らして敬礼する。それを見てロルカも、たどたどしく敬礼を返してくれた。ヴィールカも安堵のほほ笑みを口許に乗せる。

彼は、胸許で輝くバッジを見つめてにんまりしているロルカの肩をぽん、と叩く。

「苦労して服を着てよかったろ？　裸の身体にこれはつけられないからな」

三人で笑い合う。晴れ渡った晴天のようなロルカの笑顔を見、アレクセイの心も丸く満ちた。彼の満面の笑みが、何よりの勲章だった。

「お腹が空いた」とロルカが言うので、遅まきながら食堂に移動することにする。

だが、ヴィールカはまだシャワーを浴びていなかったこともあり「先に行っていてくれ」とロルカを、ちょうど様子を見に戻って来ていたリドニクに託す。

ロルカはちょっと不満そうな顔をしたが、「早く行かないと、席と食うものがなくなるぞ」とリドニクに頬をつつかれて促され、二人でこの場をあとにした。

廊下を並んでゆく背中を見、アレクセイはほほ笑んだ。ヴィールカがリドニクの子を可愛がるように、リドニクもまたヴィールカの子の相手をして当然と思っているようだ。

「アリョーシャも、昼食はまだだろう?」

ヴィールカが、手早く訓練着を脱ぎながら話しかけてきた。だが、アレクセイは肩を竦める。

「残念ながら、大佐と懇話も兼ねて食事の約束をしているんだ」

「何だ、そうだったのか。すぐに行かなければならないか?」

「いや、まだ大丈夫だ」

素っ裸になったヴィールカが、タイル張りのシャワー室へと移動する。ちなみにニコライは、大佐への先触れもあるので先に行ってもらっていた。つまり、今ここには自分たち二人きりだ。

だからヴィールカも、遠慮なく愛称で呼んだのだ。

戸口に立ってヴィールカが蛇口をひねるのを眺めながら、「それにしても」と話を続ける。

「驚いたろうな、ロルカのことは。ヴィールカも」

「ああ。想像していたよりもだいぶ早かったからな」

頭から湯を被《かぶ》りながら、彼が苦笑いする。蒸気の向こう、筋肉質な身体が蠢《うごめ》くのが見える。

「アリョーシャが子供を抱いてやって来たものだから、一体何事かと思ったさ」

「ふふ」

先ほどのひと幕を思い出し、二人で笑い合う。これから先も、何かにつけて思い出しては笑みを交わすのかもしれない。まるで家族のように。

「大半の人狼は、ヒトでいう思春期の辺り、十二歳くらいでヒト化し始めるようだ。ロルカの奴、よほど興奮したらしいな」

「ヴィールカはどうだった？　ある日突然変化したのか？」

「自分が人狼だということは分かっていたから、その年齢になった頃、リドニクと一緒にひとつやってみるかということになったんだ」

何とも意欲満々なことだ。森の中で若い銀狼が二頭、それを試みている姿をアレクセイは想像する。

「うーうー唸ったり、雪の上を転がったりしながら頑張ってみたら……まあ、二人ともどうにかこうにかヒト化できた。だが、最初はまあ、やはり驚いたな」

さっきのロルカの混乱ぶりを思い返し、言葉を選んで聞いてみる。

「どうなんだ？　その……自分の姿が変えられるというのは、率直に言って」

「うむー……」

湯滴を浴びながら、ヴィールカが思案する。

「我がことながら、不思議なこともあるものだと思うな。だが森の中では、ヒト姿になれても不便なことの方が多い。雪に足は取られるし、狼の時と比べると鼻はほとんど利かないようなものだし、視界も狭くなるし……だからほとんど、ヒト化してやろうと思う場面はなかったな。今さら森から出て行こうとも思わなかったし」

その辺りの葛藤は以前に聞いた。狼の身、ヒトの身、どちらにも長所はあるはずだが、両方を有しているとなれば、便利さよりも窮屈さの方を多く感じるのかもしれない。夜目の利く狼からすれば、人間の身など陽が落ちれば盲目も同然の気分だろう。

「だが、ヒトになってみて愉しいこともちろんあったぞ」

ヴィールカが顔だけをこちらに向け、言葉どおりに声を弾ませる。

「軍に入り、〈人〉として他者と生活を共にするうちに分かった。演習のあとの熱いシャワーや、仲間と酒を飲んで暖炉のそばで語り合う時間はたまらないものだとな。鼻が利かなくても、触れ合うことによってやり取りできなくても、言葉がある。言葉を使えば、もっと高度で、細かなやり取りができる。それに、何よりも――」

シャワーの湯滴から顔を外し、ヴィールカが言う。

「余裕のある気持ちで子供たちを育てられるところがいい。ここにいれば、たとえ狼の姿を取っていても、外敵を気にせず子供とたっぷり遊べて、成長をゆっくり見守ることができる。森で生きていた期間が長かったせいか、安心できる寝床があって、食べる物にも恵まれているという今の暮らしは、何よりもありがたく感じるんだ。こういう生活ができるのは、人狼という身ならではだ」

ヴィールカはそこで一度言葉を切り、ふと、重く沈んだまなざしになる。

「森でただの獣として生きていた頃は、今思えば、どこか心が殺伐《さつばつ》としていた気がする。狩りをして獲物を喰らうことだけに必死な環境に身を置いていると、視野が狭くなりものの見方が偏っていくんだ。この世界は弱肉強食、弱い者を踏み潰して、自分と仔だけが生き延びられればそれでいいと――まさにけだものの考え方に、心身が染まっていく」

「……」

重みある言葉のひとつひとつを、アレクセイは胸で受け止めた。人の心を持ちながら獣として生きることの厳しさを、今改めて眼前に突きつけられた気分だった。どちらか一方だけであれば、あるいは、どちらか一方を切り捨てることができればいいのかもしれないが、心とはパンのように簡単に裂くことはできないだろう。

「ちょっと話がそれたな」とヴィールカが肩を竦める。

「だが俺は、今の境遇には何の不満もないぞ。狼の身、ヒトの身、どちらにもいいところがあると、軍に入隊したからこそ分かったんだ。ほぼ狼として生きていた俺だが、ここではきちんと人として扱われてもいるから、ヒトの身もいいものだと感じられるようになった、そういうことだろうな」

「……そうか。そんな風に思ってくれていて、よかった」

アレクセイは、深い安堵に胸を撫で下ろす。

常に待遇に気を配っているとはいえ、人狼たちに無理を強いているのではないかという葛藤は、時折感じている。だが、森からここへやって来ることを決めたヴィールカが、ヒトの――いや、人としての生活をも満喫してくれているようで何よりだった。子育てのしやすさを上げてくれるところが、仔思いの彼らしいことだ。

「日々の暮らしは満足として、訓練の方はどうだ？　そうそう、今日は大した活躍ぶりだったな」

ヴィールカがぱっと表情を明るくし、「ああ、そうだった」と声を弾ませる。

「不利な陣地を与えられたからな。かえって燃えたぞ。イーゴリも、ヴァレリーにひと泡噴かせたことで自信がついたようだ。あいつ、能力はあるのに意気地が足りなくて、俺ももどかしく思っていたから」

「ヴァレリーにもいい薬になったかもしれんな。ふふ、ヴィールカのおかげで、人狼たちがますます強くなるじゃないか」

「子供たちもいよいよ巣穴から出て来たし、立ち止まってはいられないさ。……ふう、さっぱりした」

ヴィールカは前髪を無造作にかき上げて滴《しずく》を払うと、身体を拭いたタオルを腰に巻いてこちらにやって来た。そのまま横を通り過ぎるのかと思っていたら、アレクセイのすぐ傍らのタイル壁にとん、と手をつく。

「……久しぶりに二人きりだな」

相手の声の色合いが急激に変わり、どきっと心臓が跳ねる。

湯の音が止んだこともあり、二人きりでいるシャワー室の静けさが、嫌に意識させられる。逞しい裸体に眼前まで接近され、何度も見ている身体なのに目のやり場に困ってしまう。

頬が熱くなってきた。内心であたふたしていると、囲い込まれるような体勢でさらに近づかれる。

ヴィールカはそして濡れた髪のままで身を屈め、囁いた。

「今夜、……」

ぎゅうっ、と心臓がわし摑みにされる。

「部屋に行ってもいいか？」

今夜——と囁いた時の湿度を帯びた声から、何を求められているのかは明白だった。反射的に、身体の芯がじわりと熱くなる。

アレクセイとて、もちろん同じ気持ちだった。彼と久方ぶりに触れ合いたい、心ゆくまで抱き合いたいと、ここのところよそへ追いやられていた切望が心に湧いてくる。熱い裸身を眼前にすれば、なおさらだ。だが——

「……今夜だけは、ロルカのそばにいてやったらどうだ？」

かき集めた理性を腹に据えながら、アレクセイは言った。

目の前のヴィールカはむっと眉を寄せたが、ひとつ息を吸って気持ちを整理し、続ける。

「人前では気丈に振る舞っているが、中身はまだ子供だぞ。幼い身で突然ヒト化したのだから、今は不安な気持ちでいっぱいのはずだ」

思い出す。外套の上から抱きしめた時に感じた、ほっそりした身体つきを。リドニクと連れ立って食堂へ向かう時、ちらとこちらを振り返ったもの言いたげな横顔を。

心細さを必死で押し隠そうとするロルカの表情を思い返し、アレクセイは痛々しい気持ちになった。先ほど授与したバッジは、あくまでも彼を激励するためのものではあったが、ロルカにとっては重荷に感じられたかもしれないと、今になって少し悔やんでしまう。

だから意志の力で、目の前にある厚い胸板をやんわりと押し返す。

「ロルカもきっと、ヴィールカのそばにいたいと思っているはずだ。一緒にいるだけで気持ちが落ち着くということもあるだろう。ただでさえ、最近は離れがちだったのだから……」

「……、」

ヴィールカが、少々気まずそうな表情になる。もしかしたら、彼の方でもロルカとの時間を持てていないことを気にしていたのかもしれない。

「だからこの機会に、久しぶりに親子二人で、心ゆくまで語らい合ってはどうだ？　何の話だっていい。大切なのは、愛情を伝えてやることだ。言葉でも、態度でも、ヴィールカが今、親として与えられるものを、ロルカに差し出してやるべきではないか？」

アレクセイは相手を見上げ、駄目押しのように言った。

「子供の成長は速い。遠慮もなく我が子を懐に抱けるなんて、今だけなんだぞ。あの時抱きしめてやればよかったなどとあとで後悔しても、遅いぞ」

「……そうだな」

ヴィールカが、小さく吐息をこぼす。そして身を引き、つぶやく。

「心は、身体に合わせて変化するというものでもないからな。年齢でいえばあいつもまだまだ、親に甘えたい歳頃だ」

「ああ、そのとおりだ」

アレクセイはうなずいて前髪を払い、冷静になろうと努める。ロルカのためならば、自分のことなど後回しでいい。彼と違って、自分はとっくにいい大人なのだから。

「……だが、本当にそれでいいのか？　アリョーシャ」

問いかけを受け、ぱっと顔を上げる。

「何を言うんだ。幼い子を差し置いてまでわたしに構えと、そんなわがままを言うとでも？」

あえてからりとした声で言ってのける。残念な気持ちがあろうとも、虚勢を張っていると自覚してはいても、これもまたアレクセイの本音だった。

ヴィールカはじっとこちらを見つめ、「分かった」ともう一度うなずいてくれた。内心でほっと安堵し、さりげなくこちらからも身を引こうとする。

「じゃあ、唇だけ……」

と、再び相手が身を屈めてきた。指がすぐに、頤《おとがい》に優しく触れる。

無下《むげ》に断ることなどできず、アレクセイは琥珀色の瞳に吸い込まれるようにまぶたを閉じた。

顎先をすくわれ、唇が重なってくる。

「ん、……」

久方ぶりの口づけ。触れ合うだけのそれだったが、身体の芯が熱を帯びてゆっくりとほどけてゆく。どれだけこの唇に、この感触に飢えていたかを、密に触れ合うことで改めて気づかされてしまう。

ごく軽くついばまれると、喉奥までがぎゅうっと甘苦しく疼《うず》いた。ああ、もっと深く――と我を忘れて相手の背をかき抱こうとするが、瞬間、ふっと唇が離れた。

（あ、……）

アレクセイは落胆した。甘美なひとときはあっけなくかき消え、取り残されたような気分にさせられる。ヴィールカがあえてそうしたのだと分かってはいても。

身体を離す寸前、彼がするん、と軽く頬をすり合わせてきた。それが終わりの合図に代わった。

濃厚な熱だけが、アレクセイの身の裡《うち》に残る。

「さてと。着替えなければな」

空気を変えるように言って、ヴィールカが濡れ髪をかき上げた。それに合わせてアレクセイも
「わたしもそろそろ行こう」と告げて、先にこの場をあとにする。

「……、」

廊下を一人歩いていると、悩ましい吐息がこぼれた。余熱が引かない。だが、ぴしゃりと自分

の頬を叩き、大股で先を急ぐ。しかしどれだけ己の気を引き締めようとしても、普段の〈中佐〉の顔を取り戻すまでには少々の時間を要したのだった。

仔狼たちは日々すくすくと育っていき、完全に離乳するまでになった。食べるものは大人狼たちと同じになり、食餌の時間ともなれば先を競って生肉に飛びついてくる。

ロルカも、ヴィールカと触れ合いの時間を持ったことですっかり気持ちが落ち着いたようだ。アレクセイが狼舎へ様子を見に足を運ぶと、ロルカが仔狼たちを率いて颯爽《さっそう》と行進している姿を目にすることもあった。野戦訓練地内の池に渡してある丸太、そこをお手本でととっ、と歩いて見せると、仔狼たちがぞろぞろとあとに続くのがたまらなくほほ笑ましかった。指揮棒のように尾をぴんと上げた雄々しいその姿はどこかひと皮剝《む》けたようで、アレクセイもようやく胸を撫で下ろしたのだった。

ロルカが初めてヒト化して半月ほど経った頃、アレクセイはヴィールカと、ロルカを伴って街中へ出てみることにした。

その頃にはある程度自由に姿を変えられるようにもなっていたし、ほぼ軍の敷地から出たことのないロルカに少し、人の世のことも体験させた方がいいと思ったのだ。つまり、彼のためだけの特別な課外授業だ。

「父ちゃん、見て見て。人がいっぱいいる」

「そうだな。それが街というものだぞ」

駐屯地から馬車に乗って街中へ向かう間も、ロルカは窓から通りを見て大はしゃぎだった。座席の上で飛び跳ねんばかりにしている姿が可愛らしくて、久しぶりに軍服ではない私服を纏《まと》ったアレクセイも頬を緩める。

ちなみに、ロルカが今日身につけている子供用のフェルトのコートや長靴、熊毛の帽子は、アレクセイからのささやかな贈り物だ。帽子の色は、ヴィールカが被っているものと同じ焦げ茶色にしてみたのだが、アレクセイのそれも似たような色合いだったので、奇《く》しくも三人でお揃いのようになってしまった。少し気恥ずかしいが、めったにない機会であるし、いいだろう。

馬車が、街の中央広場に着いた。ロルカを真ん中にして三人で並び、さっそく広場へと向かう。

「……うわあ、きれい！」

ロルカが歓声を上げた。彼の目が、七色の旗や紙花で色とりどりに飾り付けられた広場よりも輝き始める。

折しもちょうど、マースレニッツァが催されている時季だった。この頃になると帝国の全土で開催される、間もなくやってくる春を迎えるための祭りだ。

広場を取り囲んでずらりと屋台が出ており、その間を愉快な恰好をした大道芸人が鳴り物を片手に行き来している。中央には丸太を組んだシーソーやブランコなどの遊具もあり、どこも見物の人で賑わっていた。

「すごい……すごい！」

ロルカが頬を紅潮させ、繋いでいる手を引っ張ってさっそく走り出そうとするので「こら、待て待て」とヴィールカが引き止める。

「父ちゃん、あれ！　上がって下がってするやつ、乗りたい！」

「ロルカ、あれはシーソーというんだ」

「シーソー！　やってみたい！」

同じ歳ほどの子供たちと、列に並んで待つ。順番が来、ヴィールカに抱きかかえられて丸太に跨《また》がるなり、ロルカは地面を蹴って力いっぱい漕ぎ始めた。向かい側に座っているのも男の子だったので、二人でしばし漕ぎ比べのようになる。

「お前、もっとやれるか？」

「うん、やる！」

男の子がけしかけてき、ロルカは汗までかいて続けざまに地面を蹴る。そうして初めてのシーソーをたっぷり堪能し、自分よりも小さい子が来たところで場所を譲った。ヴィールカが彼の首のマフラーを外し、汗を拭ってやる。

「楽しかったか、ロルカ?」

「うん!」

興奮で頬を真っ赤にしながら、ロルカは言った。

「閣下、教練場にもシーソーを作って欲しいです!」

「ふむ、平衡《へいこう》感覚を鍛えるためにいいかもしれないな」

「今日くらいは仕事を忘れたらどうだ? アリョ……アレクセイ」

遊具がある場所を離れ、今度は屋台を見て回る。木の玩具や焼き菓子などを売る店々の間で、大鍋で煮られるボルシチや、魚のスープ、焼きじゃがいも、シャシリク(肉の串焼き)を炭火で炙《あぶ》るいい匂いが漂う。

その中にはもちろん、ブリヌイの屋台もあった。アレクセイは列が出来ている店を見定め、二人に「ここだな」と声をかける。

「マースレニッツァといえば、これを食べなければな」

「おお、何だ、これは?」

ヴィールカもロルカも、煙の立っている鉄板の前で興味深げに足を止める。二人の前で店主が慣れた手つきで、小麦粉や卵で作ったクリーム色の生地をお玉ですくっていく。それを丸く薄く広げ、ほんのりと黄金色の焼き色がつくまで焼き上げる。

ブリヌイはその色かたちが太陽に似ていることから、マースレニッツァで必ず振る舞われるのだ。バターや蜂蜜、ジャムやヨーグルトを乗せたり、挽き肉やイクラや鮭などを巻いたりして食べる。これの屋台が街頭に出始めると、もうすぐ春なのだと心も弾む。

「坊や、何を乗せる？」

「ええと、ええと……甘いのをください」

初老の店主はあつあつの生地に苺とスグリのジャムを塗り、「これはおまけだよ」と生クリームも添えてくれ、子供の手でも食べやすいように丸く巻いてくれた。「ありがとうございます」とロルカがお礼を言うと「おお、いい子だな」とその頭を撫でてくれる。

「ヴィールカは？　どうする？」

「どれも美味《うま》そうで迷うな。アレクセイのお勧めは何だ？」

空いていた木のベンチに座り、思い思いの具を挟んだブリヌイをぱくつく。もちもちした生地が美味だ。ロルカは早々に自分の分を平らげ、ヴィールカのサラミとチーズを挟んだブリヌイをもの欲しそうに眺めるので、ヴィールカがやれやれと半分分けてやる。

腹を満たしたあとも、屋台を冷やかして歩く。と、広場の一角がスケート場になっていた。水を撒いて特設したようだ。広い氷の上を楽しそうに滑っていく人々を見、ロルカが目を丸くする。

「あれ、どうなってるの？」

「専用の靴底に刃がついていて、それで氷の上を滑るんだ」

「ロルカ、自分でやってみたらいいじゃないか。何事も経験だぞ」

「……やる！」

意欲満々の返事だった。時間貸ししているスケート靴を借り、ヴィールカがそれをロルカに履かせてやる。靴紐を結ぶのはまだ苦手なようだ。先に氷上に立ったヴィールカに支えられながら、おっかなびっくり氷に足を乗せる。

「お、お、おぉ……」

「大丈夫だぞ。ほら、こうしてしっかり支えていてやる」

ロルカはへっぴり腰で、脚を生まれたての仔鹿のようにぷるぷる震わせながらも、何とか氷上で踏ん張る。

「で、でき……できた！」

「よしよし。じゃあ、少しずつ動いていくか」

「あっ、待って。父ちゃん、待って待って」

向かい合って両手を繋ぐ二人を、アレクセイは少し離れたところから見守る。二人とももちろん、どこにでもいるごく普通の親子のようだった。まさか誰も、彼らを人狼だとは思わないだろう。ロルカもヴィールカも、軍内にいる時とはまた違った穏やかな表情をしており、それを見たアレクセイの口許もほろりと緩む。

「閣下ー！　見てください！」

少しだけ滑れるようになってきたロルカが、こちらへ向けて片手を振ってくれる。春の陽光のようにきらきら輝く瞳。アレクセイも同じ心持ちになって、笑顔で手を振り返してやる。

陽が落ちて辺りが群青色《ぐんじょういろ》に沈む頃、広場には色とりどりの提灯《ちょうちん》が灯された。スケート場の周辺にも、篝火《かがりび》があかあかと燃やされる。

広場の中央にはそして、藁《わら》に古着の衣装を着せた案山子《かかし》が運ばれてきた。この、冬を象徴するといわれている大きな案山子を盛大に燃やして、マースレニッツァが締めくくられる。

辺りがすっかり暗くなったところで、松明《たいまつ》が案山子に差し掛けられた。橙色《だいだいいろ》の火がじりじりと燃え広がり、群衆の歓声に煽られるかのようにやがて、大きな炎と化してゆく。

その光景を、三人で寄り添い合って見つめる。過ぎゆくひとつの季節を思い、アレクセイはまぶたを細くした。夜の微風が、頬をかすかに撫でていく。

炎が天を焦がす。灰煙が夜空に昇り、弾ける火の粉が細かな星の粒となってきらめき、舞う。

身体が浮き上がってゆきそうな感覚を覚えていると、傍らのロルカがぎゅっと手を握ってきた。込められた力の強さに、少し驚く。

炎を見て恐ろしくなってしまったのだろうか——と心配になり、手袋の上から小さな手を握り返してやる。軽く屈んで横顔を覗き込めば、ロルカもまた上目遣いにこちらを見上げてきた。

「……どうした？」

訊《き》いてみると、彼が少し遠慮がちにつぶやく。

「閣下が、独りきりみたいに見えたので」

「……そんなことはない」

つい瞬きしてしまう。子供とは、時折大人が予想もしないことを言うものだ。だが、暗闇で燃える炎を見ていて少し感傷的になってしまったのは確かだ。

アレクセイは握る手に力を込め、優しく続けた。

「ロルカがこうして、手を繋いでいてくれるからな」

ロルカの口許がふわんとほどける。ああ、とアレクセイは思った。暗闇を払うようなこの笑顔がそばにあれば、恐れるものなど何もないだろうと。

こちらのやり取りにこっそり耳を傾けていたヴィールカも、改めて愛息の手を握り返したようだった。ロルカが「えへ」とはにかみ、この世の幸せのすべてを一手にしたような表情になる。

満ち足りたその顔を見て、アレクセイの胸も温められた。そしてふと、思った。子供を挟んで三人で並ぶ姿は、今だけは真実の家族のように見えやしないかと。

家族。軍に身を捧げようと決めた時から、そして、かつて愛した人を亡くした時から、無意識に望まないでいたそれ。だが、このようなかたちでまた愛情を注げる相手ができたことを、ただ、しみじみと嬉しく思う。

巡る季節。流れてゆく時間。そんなことを考えながら、傍らの二人と一緒に、燃え上がる火を見つめる。毎年見ているマースレニッツァの炎。厳しい冬を一掃して新しい季節の訪れを告げるその炎が、今年ばかりは温かく優しいものに見えた。

馬車に乗り、三人で帰途につく。

「閣下、今日はどうもありがとうございました」

「とても楽しかったようだな。何が一番面白かった？」

「一番？　うーん……決められません」

初めてのシーソーやスケートについて身振り手振りで説明してくれるロルカだったが、さすがにはしゃぎすぎたのか、話をしながらもうとうとと半目になり始めた。そして駐屯地に着いた頃

には、ヴィールカにもたれてすっかり眠りに落ちていた。

起こすのも忍びないので、ヴィールカが彼を横抱きにして馬車から降りる。と、その姿がゆっくりと狼に変化していった。慌てつつもヴィールカと目配せし合い、アレクセイは御者《ぎょしゃ》の視線を遮るようにロルカを背後にして立ち、料金を払う。

「よかったな、駐屯地に着いた時で」

もと来た道を走り去って行く馬車を横目に見ながら、ほっと息をつく。ロルカの方はまったく目を覚ますことなく、可愛らしい顔ですやすやと寝息を立てていた。狼だろうがヒトだろうが、子供の寝顔というのは愛らしいものだ。

「ヴィールカも疲れたろう。今夜はゆっくり休……」

「作戦成功だ」

同じようにロルカを眺めていたヴィールカが、ふっと笑ってつぶやく。

「何だと？」

きょとんとして相手を見ると、彼はいたずらっぽい笑みを添えて言った。

「昼にたっぷり遊ばせておけば、夜はぐっすり眠るだろうと思ったんだ」

そう言われてもまだ察せずにいたアレクセイを正面から見据え、ヴィールカは続けた。

「今夜、お前の部屋に行く」

心臓を射貫《いぬ》かれた気がした。

熱の籠もった琥珀の瞳に見つめられ、その場に立ち尽くす。遅れてじわりと頬が熱くなってゆくのを、アレクセイは感じた。

ヴィールカは、辛抱もそろそろ限界だという顔でこぼす。

「仕方がなかったとはいえ、どれだけ触れ合っていないのか、もう覚えていないくらいだ。俺はロルカと触れ合うことも、伴侶……恋人であるお前と触れ合うことも、同じくらい大切だと思っている」

そこで一度言葉を切り、彼がこちらを見つめて言った。

「だからここからは、大人の時間にしよう……アリョーシャ」

二人きりでいる時の愛称で呼ばれ、駄目押しで頬に血が集まってゆく。

もちろん、否、などとは言うはずもなかった。アレクセイは頬を染めたまま、相手をしっかりと見つめ返してうなずいた。

急いで湯を使い、白い絹の寝間着に着替えて寝室に入る。そして、露台《バルコン》へと続く窓の鍵を開ける。

ヴィールカとの逢瀬の場所は、ほとんどがアレクセイの部屋だ。高官宿舎内の奥まったところにあるから、物音がしても気づかれにくいし、みだりに立ち入って来る者もいない。ヴィールカは狼姿になって狼舎を抜け出し、その身体能力を生かして宿舎の煉瓦《れんが》造りの外壁を登り、露台から室内に忍んでやって来るのが常なのだ。

石炭ストーブに火を入れ、寝台に腰掛けて相手を待つ。が、やはりそわそわと落ち着かず、アレクセイは立ち上がってガウンを羽織った。建物の裏に面している露台へ出、白い息を吐きながら狼舎がある方を見つめる。

ヴィールカは、「ロルカは狼姿でいることだし、狼舎の皆のところで寝かせてくる」と言い残して行った。だが、ロルカが目を覚まさないとも限らないし、そうすればヴィールカだって、親として子のそばに留まらざるを得ないだろう。だからもしかしたら今夜も、そう上手くは逢えないかもしれない――可笑しなものだ、待つ身では時間が長く感じるせいか、変に悪い想像ばかりしてしまう。

『……アリョーシャ！』

己の身を抱きしめるような恰好で待っていると、建物の下から声がした。見れば、積雪を保護色にした銀狼が、はっ、はっと白い息を吐いてこちらを見上げている。

思わず腕を伸ばすと、ヴィールカは慣れた様子で一階の張り出したテラス部分によじ登り、そこを伝ってひらりと露台に前肢をかけた。手すりを乗り越えて来た彼を、しかと抱き留めてやる。

『すまんな、待たせてしまったか？』

「……いや、」

そうではない。待ち切れなかっただけだ。そんな気持ちでいっぱいになりながらかぶりを振ると、『寒いだろう、早く中に』と促される。

室内に戻って内側から窓に鍵をかければ、二人を遮るものはもう何もない。アレクセイは込み上げる想いに任せ、夜気を纏ってひんやりしているヴィールカの身体を抱きしめた。厚い被毛に顔を埋めれば、ほう、と胸奥からの吐息がこぼれてしまう。

『久しぶりだな、本当に』

「ああ、ずっと……こうして触れたかった」

押し出すようにつぶやき、首の辺りの柔らかな毛を繰り返し撫でる。ヴィールカはすぐにはヒト姿にはならず、毛並みの感触にうっとりしているこちらの好きなようにさせてくれた。恋人が人狼である者の特権だ。

『……俺も、お前を抱きしめたい』

しばしののちにそう囁き、彼がぱっと姿を変える。すぐに裸の腕が伸びてき、背をがっしりとかき抱かれる。

「……あぁ……」

かすれた嘆息がこぼれた。久方ぶりの感覚。被毛の代わりに厚い胸板に包まれ、安堵と高揚が身体を満たしていく。

絨毯《じゅうたん》の上から軽々と寝台へ抱え上げられ、そこに優しく横たえられる。上に乗って来たヴィールカの重みを、アレクセイは愛おしい気持ちで受け止めた。ヴィールカもまたこちらを見つめ、頬に乱れかかった髪を指先で優しく払い、そこに口づけを落としてくる。

「ヴィールカ……」

瞳をとろりと潤ませ、アレクセイも腕を伸ばして相手の頬に触れた。そこを撫で上げ、生え際をなぞって白金の髪に指を差し入れる。愛おしい感触に陶酔する。

「ヴィールカ、も……」

「ん？」

寂しかったか？　と、自分の赤裸々な心を明け渡す気持ちで問うてみる。眠れない夜を重ねるたびに想いは募り、持て余してしまうそれが苦しかった。子供が庇護者を求めるそれではない、大人の、愛しい相手を求める切々とした恋情だ。

ヴィールカは困ったように目尻を下げ、そして、優しくほほ笑みながら続けた。

「もちろんだ」

あやすような口づけが、頬に落とされる。琥珀の瞳に蕩《とろ》けそうな恋人を映して、包み込むような体勢で身を屈めてくる。

「だから今夜は、たくさん甘えさせてもらうぞ」

ヴィールカは言葉どおりに頬をすり寄せつつ、唇で触れる部分を甘く、繰り返しついばむ。ずっと、ずっとこうしたかったと、まるで幾度も囁きかけるかのように。それは、アレクセイもずっとされたくてたまらなかったことだ。

「あぁ、……」

この上なく丹念に口づけられ、アレクセイは上擦《うわず》った吐息をこぼした。寂しさの氷塊が、溶けてゆく。総身が湯に浸かったようにほどけ、身体が輪郭からゆるゆるとかたちをなくしていきそうになる。

唇はさらに、こめかみや頬へも巡る。自然とまぶたを閉じていると、唇に唇が重なってきた。上唇、下唇と食《は》まれるうち、あわいを狙い、舌が侵入してくる。

「ん、ふ……」

途端、相手の熱が苦しいほどに流れ込んでき、他のことはもう何も考えられなくなる。広い背中に腕を回せば、差し込まれた舌がよりいっそう深い場所で絡む。

「っ、んふ……」

熱がいや増す。熱い——のに、心臓は震えおののいてやまない。まだ口づけの段階なのに、悦《よろこ》びが胸から溢《あふ》れ出さんばかりだ。それは相手への想いと相まって、よりいっそう甘苦しく増幅してゆく。

アレクセイは、しがみつく腕にさらに力を込めた。もっと抱いて欲しい、離さないで欲しいと、飢《かつ》えていた心をきゅうきゅう鳴らす。口づけられ、熱く抱きしめられて今、どれだけこうされたかったのかを思い知らされた気分だった。

「……可愛いな、アリョーシャは」

ふっと唇を離し、ヴィールカがつぶやいた。子供をあやす口調と似たようなものを感じ、アレクセイははたと我に返る。

確かにこれでは、聞き分けなく親に甘える幼子のようだ。もしや自分の中には今も、幼年期の孤独がしつこく尾を引いているのだろうか。そんな、まさか。

ごくかすかな表情の変化を感じ取ったか、ヴィールカが声色を真剣なものに変える。

「子供に感じる可愛さとはもちろん違うぞ、アリョーシャ」

こちらの目を見つめて髪を梳《す》きながら、彼が続けた。

「子供の可愛さは、見ていると胸がほんのりと温かくなってくる感じだ。元気に遊んだり走り回ったりしている姿を眺めていると、いつもそんな気持ちになる。群れの皆で一緒に、子供たちの健やかな成長の喜びを分かち合いたくなったりもする。だが、恋人は違う」

改めてこちらに身を寄せ、ヴィールカが滔々《とうとう》と語る。

「恋人の可愛らしいところを見ると、身体が熱くなってくる。恋人が可愛いのは誰にも見せたくないし、どんな手段を使っても独り占めしたくなるんだ。もちろん、誰かと共有するなど言語道断だ。恋人というのは、こう、両腕の中に大切に囲って、自分だけを見つめさせて、身体のすみずみまでを優しく愛でて——」

「……それで？」

胸をどきどきと高鳴らせながら、問うてみる。彼の熱いまなざしと言葉ですでに、心をわし掴みにされながら。

ヴィールカはアレクセイを腕にすっぽり閉じ込めてしまうかのような体勢になり、そして、耳奥に落とし込むように言ってきた。めちゃくちゃにしたくなる——

「っ、……」

唇がすぐに、こちらの唇を塞いでくる。再び舌が侵入してき、先ほどよりもいっそう濃厚に舌をねぶられる。

「っふ、ぅ……ん、っ……」

くらくらするほどの口づけ。先ほどまでのそれは前哨戦に過ぎなかったことを思い知らされるような舌遣いだった。激しくかき乱され、翻弄され、奥の奥まで嬲《なぶ》られる。そしてようやく、酸欠になる寸前で唇が離された。

「っはぁ……、はぁ……」

アレクセイは背中をぱたりと敷布に預け、汗ばんだ胸を喘がせる。ヴィールカはそんな姿を、爛々《らんらん》と燃え盛る瞳で見つめてくる。

「やはり、アリョーシャは可愛い。その表情……たまらないな」

そんな彼を見上げる自分の瞳が、蜜のように甘く蕩けているのが分かる。身体も熱でふやかされ、すっかりくたくただ。

「アリョーシャがヒトとして扱ってくれるから、俺は人としての歓びを感じられるようになったと――あの時に言った。だから今は、アリョーシャ、お前に恋人として触れる。俺の腕の中にいる時だけは、上官の顔は忘れてくれ」

甘くかき口説かれ、今度は心臓までも熔け落ちそうになる。恋人として触れられる、愛しい相手から、この上なく大切に扱われる――ああ、何て甘美な響きなのだろう。

「俺も忘れる。父の顔も、部下の顔も。そして、恋人でなければできないことを、アリョーシャにする」

「……、」

アレクセイは力の入らない腕を伸ばして、頬に触れる。身を屈めてきたヴィールカの耳許に、そして囁いた。いくらでもして欲しい――

「っ、……」

ぶるっ、と相手が胴震いした。よって、三たびの口づけは嚙みつくように激しいものになった。それをまともに受け、甘苦しさに息も止まりそうになる。

「っ、ん……ふ、っ……」

「はァ、はァ、ッ……アリョーシャ……」

唇を貪るだけでは足りないと、ヴィールカは首筋を食み、鎖骨を吸い上げて白肌に赤い痕を散らす。さらには寝間着の前を開いて胸板にむしゃぶりついてき、そこで息づいている粒を舌先で捕らえる。

「ッあ、っ……!」

熱い舌にねぶられ、背が弓なりに反る。久方ぶりの感触。ぞわぞわと肌が粟立ち、上体が淫猥《いんわい》にくねるのを止められない。

強靱《きょうじん》な舌がれろれろと粒をねぶる。きつい刺激がたまらず、アレクセイは「っぁ、あ」と声を弾ませながら身をよじった。しかしそうすればするほど、ヴィールカががっちりと肩を摑んで逃すまいとしてくる。もちろん、胸の粒からも寸時も唇を離さず、小さな粒のすみずみまでに狂おしく舌を遣ってゆく。

「っあぁ……、は、っあ……あぁ……」

痛いくらいの愛撫を受け、アレクセイは眉根を寄せた。胸の両端から快感を注がれ、それが直接下腹に流れ込んでいく。脚の間には触れられていないのに、熱く漲《みなぎ》ってかたちを変えているのが見なくても分かる。

その時、ヴィールカが肉粒を乳暈《にゅううん》ごと、ぢゅうっときつく吸い上げた。蓄積された快感が制御不能なほどに膨れ上がり、いちどきに弾けてしまう。

「っあぁっ……！」

顎先を反らし、アレクセイは絶頂した。全身に快感が疾《はし》る。下腹に、熱い飛沫が散りしぶく。

「っは、はぁ……はぁ……」

上体をぐったりと敷布に沈ませ、胸を大きく喘がせる。両腿だけがびく、びく、と跳ね、愉悦の深さを物語っていた。久しぶりとはいえ、身体ばかりが先行してしまったのが恥ずかしい。

ヴィールカはそんなあられもない姿も、舌なめずりしそうな表情で余すところなく見つめていた。アレクセイはまぶたまでも震わせ、愉楽の波間を一人たゆたう。

「っあ、はぁ……ヴィールカ……」

呼吸は少しずつ落ち着いていったが、しかし快感の波は一向に引かず、ますます激しく燃え盛ってゆく。アレクセイは、汗で額に張り付いた髪もそのままに腕を伸ばすと、再び相手にしがみついた。ヴィールカは驚きながらもこちらを受け止め、幾たびかで唇を重ねてくる。それがまた、食むようなものへと濃厚さを増していく。

「っ、ん……んっ……」

自分からも積極的に手脚を絡めていると、ヴィールカがこちらの太腿に手をかけて支え、くるりと体勢をひっくり返した。アレクセイは瞬きする。仰向けになった彼の上に乗るなど新鮮だ。目を白黒させていると、ヴィールカが問うてきた。

「嫌か?」

「……そんなことは」

少し照れるが、嫌だなどとは思わない。胸の下にある広い胸を愛おしむ気分で手のひらを這わせつつ、いつもとは違う位置からヴィールカを眺め下ろしてみる。ヴィールカも、見下ろされるのが面白いのか、愉快そうに口許を緩めてこちらを見上げてくる。

「交わる時の体勢がたくさんあって愉しめるのも、ヒトの身のいいところのひとつだ」

「……なるほど」

気恥ずかしさに苦笑をこぼす。と、ヴィールカが、伸ばした手で腰の張り出した部分を掴み、くびれている箇所に向かって撫でさすってきた。ぞくっ……としたものが背を這い上ってき、身体が反射的にくねる。

「ぁ、あんっ……」

悪くない反応を見て取ったのか、ヴィールカは腰回りのなめらかさを存分に堪能すると、今度は臀《しり》の方へと手を滑らせ始めた。丸みある輪郭を、大きな手のひらを駆使《くし》してゆっくりと撫でさする。

「ン、あ……っ……」

こそばゆい、のに、気持ちいい。細かな震えが背筋を逆上がりし、ますますじっとしていられなくなってしまう。

彼の上で身をくねらせていると、ヴィールカは臀たぶに指を埋め、薄い肉付きをかき集めるようにしてそこを揉み込み始めた。熱い両手に密着され、それだけでも愉悦が身を覆うのに、淫猥《いんわい》な刺激までも与えられてぞくぞくする。

「……、」

臀肉の中心、その奥処が呼応してじりじりと疼いてくる。そこに挿入されるものを期待して、アレクセイは早くも呼吸を逸《はや》らせた。先ほど極めたばかりの雄蕊《ゆうずい》も、また熱く昂ぶり始めているのが分かる。

「はぁ……、あぁ……」

ヴィールカはこちらの反応を注視しながら、ふっと片手を離して寝台脇の小卓の抽斗《ひきだし》を開け、香油の入った小瓶を取り出した。中身を指ですくい取り、アレクセイの秘められた場所へと宛がう。

「っ、……」

つぷり、と指先が触れた。久方ぶりなので異物感はある。だが、気持ちの方が今か今かとそれを待ち望んでいたこともあり、さしたる抵抗もなく指を受け入れてしまう。

「あ、あぁ……」

そのまま、香油のぬめりを利用して鞘《さや》をほぐされる。熱い指にかき回され、それだけで悩ましい吐息がこぼれた。つられて奥も熱くなり、反らした胸の先も反射的に、ぷくりと粒立ってくる。

「ヴィー、ルカっ……あ、あぁ……」

もっと、もっと奥を——とアレクセイは、無意識にきゅうきゅうと中の指を締め付けた。しかしヴィールカはこちらを気遣ってか、決して無理なことはせず、じっくりと愉しむように指を遣ってくる。もどかしい動きに焦《じ》れるものの、それがかえって快感を煽る鞴《ふいご》となる。

と、その時だった。きつい箇所に差し掛かっていた指が、そこを突破してぬるりと奥への侵入を果たす。融解するように肉鞘がほぐれ、熱感がアレクセイの身を貫いた。狂おしい愉悦が沸き起こり、顎が高々と反り返る。

「つあ、あぁっ……っは、ああっ……！」

悦びのあまり、アレクセイは髪を振り乱して喘いだ。しかし挿入される指は二本、三本と増えていき、さらなる深みを狙ってくる。加えて、それがばらばらと不規則に動くものだから堪らない。アレクセイは細腰をくねらせ、肩を揺さぶって悶《もだ》え続ける。

「……、ふうーっ……」

延々と愛撫され、もはや気も遠くなりかけた頃、ヴィールカが熱い息をついた。そこではっと気づく。先ほどからずっと彼に、ねだるように下腹部を押しつけてしまっていることに。

そんな痴態に接していたせいか、ヴィールカの雄茎ははちきれんばかりに怒張していた。彼が身を起こすと、いきり勃っている逸物《いちもつ》もぶるん、と赤黒い頭を振る。

「アリョーシャ、もう、限界だ……」

ヴィールカはその部分に香油をたっぷりと塗りつけ、懇願する目でこちらを見つめてきた。もちろんのこと、うなずく。

熱い手に導かれ、対面になったまま、アレクセイは相手の股座《またぐら》を跨ぐ。この体勢は初めてだ。ヴィールカが腰に両手を添えてくれたので、その助けを借りて狙いを定め、ゆっくりと腰を沈めていく。

「つ、ふ……」

切っ先を感じ、小さく息を吐く。そのかたちのとおりに肉環がじりじりと広がっていくのに合わせ、呼吸を深いものにする。

「つふ、……あ、あ……」

一番太い部分が埋まった。と、ヴィールカが腰を両手で引き下ろそうとしてくる。アレクセイはその手に支えられながら、自重も使って肉茎のすべてを吞み込む。

「ッ、……！」

奥にずん、と衝撃が来た。しかし苦しさよりも何よりも、こうして繋がり合うこと、ずっと切望していたそれが叶った歓喜の方が大きかった。

「あぁッ……！」

悲鳴めいた声を上げ、アレクセイは相手の頭を抱きしめた。ひとつに繋がるこの感覚。総身を深々と貫かれ、熱く激しい甘美さに打ち震える。

「つあ、あぁ……ヴィールカ……」

泣きそうな気分で、アレクセイは相手を抱きしめる。感情がいちどきに昂ぶりすぎて、少しつつかれるだけでも溢れ出してしまいそうだった。いや、ヴィールカが慈しむように眦《まなじり》に口づけてくれたことからすると、もしかしたら涙が滲んでいたのかもしれない。こめかみに噴いた汗も、唇が優しく拭い取ってくれる。

「動くぞ、アリョーシャ……」

結合が馴染んだところでヴィールカがそう囁き、添えた手で腰を支えて軽く突き上げてきた。摩擦による快感がたまらず、上体をくねらせてそれに耽溺する。

「っは、あっ、あっ……」

二人の動きに合わせて、ギッ、ギッ、と木製の寝台が軋《きし》む。アレクセイはヴィールカの抽挿《ちゅうそう》を受け止めながらも、いつしか自ら腰を揺らめかせて快感を貪っていた。身悶えし、かすれた声を上げ、我を忘れて愉悦に浸る。

「あ、ぁあ……あぁっ……」

蕩け切ったその表情を見たヴィールカがごく、と喉を鳴らし、熟した果実を頬張るがごとく口づけてきた。腰から手を離して頬を包み込み、食んで啜るようにして唇を貪る。

「ふ、ッ……は、っふぅ……」

「あ、あ……っ、はあぁっ……」

彼も極限まで興奮しているようだ。そのせいか、ヒトよりも人狼としての気配が濃くなってきたように感じられる。口づけの合間に犬歯が当たるたび、身体の芯をぞくぞくとしたものが走り抜ける。

ああ、本当に、頭からあとかたもなく食べ尽くされてしまうのかもしれない。だが、彼にならば

ばそうされてもいい――そんな、危うさと綯い交ぜになった甘美さが背筋をおののかせ、快感がいっそう加速してゆく。

「アリョーシャ……もっとだ」

ヴィールカが呼気を弾ませ、首筋に吸いつきながら訴えてきた。

「もっと、お前が欲しい……」

がっしと背を抱かれ、繋がったまま仰向けに倒される。敷布のひんやりと乾いた感触から、自分の身体がどれほど熱く沸騰しているのか思い知らされた。腰が自由になったヴィールカがそして、寝台に膝をついてずん、と奥を突いてくる。

「ッ、あ……！」

鈍重な刺激が、腹にまで響いてきた。ヴィールカは「ふッ、ふッ」と獣さながらの呼気を吐き散らかして、抽挿を激しくしてくる。

本能のままのそれを受け、アレクセイは髪を乱して喘いだ。もう何をされても感じてしまうのは、己も獣と化しているからに違いなかった。奥処を穿《うが》たれ、折れそうなほど抱きしめられ、熱く重なり合う肌からひとつに溶解していくようだ。

「はァ、はァ……アリョーシャ、っ……」

「っ、んぅ……ん……ヴィールカ……」

腕と腕、脚と脚で固く抱きしめ合う。互いを貪り、愛し合う二頭のけものとなって、幾度となく絡み合い続ける。

交わりの時は過ぎて、二人、満たされた思いで敷布に横たわる。

アレクセイは、ヴィールカの腕を枕にし、相手の胸にもたれかかるような恰好で身を休めていた。そんなアレクセイを、ヴィールカは優しく抱き留めてくれている。深い交情のあとで、眠気はもちろんゆっくりと押し寄せてきているのだが、眠ってしまうのが勿体《もったい》ないのだ、お互いに。

こうしてひたとくっつき合っているだけで、そばに相手がいるというだけで、心が穏やかに凪《な》ぐ。狼たちもよくこうして重なり合うように寝そべっているが、その気持ちはよく分かる。

「……アリョーシャ」

「……何だ？」

上目遣いに相手を見る。そこには同じように、柔らかなまなざしを湛えたヴィールカがいた。

彼はこちらを見つめて何か考えていたが「いや、何でもない」とつぶやく。だがすぐに、

「ただ……思っただけだ。幸せだ、と」

胸に、甘い疼痛《とうつう》が走る。アレクセイは身を乗り出し、そしてつぶやいた。

「――わたしもだ」

首の下にあった腕が、がっしりと肩を抱いてくる。互いに甘く蕩けるような笑みを交わし、また、親密に肌を触れ合わせる。

「ヒトの一番いいところは――恋ができることだな」

思い出したようにつぶやくヴィールカの声を、アレクセイは瞬きしながら聞く。

「狼は、恋をしてつがいになるわけではない。つがいになったらすぐに繁殖し、そののちは親になるから、恋人という期間もない。つがいのことは生涯慈しむが、それは恋というよりも、人間でいう家族愛に近いものだ。厳しい環境を生き抜く同志愛、にも似ている」

胸板に置いてあったアレクセイの手に、ヴィールカが優しく手を重ねてくる。

「今ここにある気持ちは、それらが混ざり合ったものでいて、なおかつ、それらとも少し色合いが違う。家族や伴侶としてだけでなく、アリョーシャのことが愛しい。これは、他の誰にも感じないものだ。この気持ちは何なのかというと、きっと――」

アレクセイはうなずいた。自分の胸にもあるその気持ちごと、相手の胸に飛び込んでいく。

「こんな気持ちは、アリョーシャがいなければ知らなかったぞ」

「わたしもだ。わたしもヴィールカが……好きだ。生涯、お前だけだ……」

これからも、ずっと、何度でも、そう思い続けるのだろう。家族としての絆、伴侶としての愛と信頼の他、互いの間には恋という想いが存在している。だからこうして、心の深い場所で相手を求め合ってやまないのだろう。

アレクセイは、幾重もの繋がりで結ばれた最愛の相手に口づけた。すぐに、それよりも熱い返礼がくる。そしてまた、想いは深まってゆく。

口づけ合ううち、眠りの淵《ふち》が優しくアレクセイを誘《いざな》ってきた。「お休み、アリョーシャ」とヴィールカはつぶやいたのだろうか。遠のく意識の中、温かい腕がアレクセイを包んできた。やがて、何ひとつ欠けることのない、幼子のような幸せな眠りがやってくる。

「ヴィー、ルカ……」

愛している――と、夢うつつにアレクセイはつぶやいた。同じ言葉が、耳を柔らかくくすぐった。そして二人、共に穏やかな眠りにたゆたう。それは温かな、まるで春の陽だまりのように心地いい眠りだった。

ビーボーイノベルズ様では初めまして。北ミチノと申します。

このたびは拙作『銀嶺のヴォールク』をお手に取ってくださり、どうもありがとうございます。北にとっては初めての新書サイズの本ということで、ちょっと緊張しております。

本作は、第20回ビーボーイ小説新人大賞で期待賞をいただいたものです。

とても楽しく、熱意を込めて書けた話だったので、誌面で結果を目にした時の嬉しさはひとしおでした。それが縁で雑誌掲載のお話もいただき、小説b-boyの表紙に自分のペンネームが載った時は、またしみじみと感慨深いものがありました。

この話を思いついたきっかけは、「軍人の部下が人狼だったら、強くて恰好いいし面白いだろうな」と考えたからでした。そのアイデアに北の軍服好きを融合させて、アレクセイとヴィールカが生まれたというわけです。軍服、いいですよね。ストイックな美と機能性を併せ持ったところがたまらん魅力です。願わくば読者の皆様も、ほんの少しの間、軍服に萌えて……じゃなくて、日常の雑事を忘れて作品世界に浸ってもらえたら嬉しいです。

ノベルス化にあたって書き下ろしのお話をいただき、では、本編ではあまり書けなかったロルカのことを書こうと思って生まれたのが『黄金の春の息吹き』です。北も東北の某所で暮らしておりますので、春の訪れには一種特別なものを感じます。群れの新たな仲間が増えても、子供が成長しても、ずっとラブラブなアレクセイとヴィールカを見守っていただければ幸いです。

イラストは、二駒レイム先生にお願いできました。ラフが送られてくるたびに歓喜して、一枚一枚にじっくりと眺め入っておりました。表紙の、風になびく金髪や狼たちのもふもふ感、眺めているだけでため息ものです。先生のおかげで執筆が進んだといっても過言ではありません。素晴らしいお仕事をありがとうございました。

担当様にもたいへんお世話になりました。最後の最後までいい原稿にしたいという北の思いを汲んでくださって、感謝しております。貴重な機会を与えてくださって、ありがとうございました。

そして何よりも、雑誌掲載時に温かいご感想をくださった皆様、ノベルスをお手にとってくださった皆様にも、最大級の感謝を捧げます。ご感想などいつでもお待ちしています。

では、またどこかでお目にかかれることを願っております。

二〇二一年　七月　北ミチノ

◆初出一覧◆

銀嶺のヴォールク　／小説ビーボーイ(2020年秋号)掲載
黄金《きん》の春の息吹き　／書き下ろし

世界の乙女を幸せにする小説雑誌♥
小説
ビーボーイ
b-Boy
読み切り満載!!
4月,10月
14日発売
A5サイズ
人気作家陣の
豪華新作めじろおし!
ヒットシリーズ最新作も登場♥
コラボ、ノベルズ番外ショート、
特集まで盛りだくさんでお届け!!
ビーボーイ編集部公式サイト
https://www.b-boy.jp
雑誌情報、ノベルズ新刊、イベントはここでお知らせ!
小説b－Boy最新号の試し読みもできるよ♥
イラスト／みずかねりょう

ビーボーイノベルズをお買い上げ
いただきありがとうございます。
この本を読んでのご意見・ご感想
をお待ちしております。

〒162-0825 東京都新宿区神楽坂6-46
ローベル神楽坂ビル4F
株式会社リブレ内 編集部

アンケート受付中
リブレ公式サイト https://libre-inc.co.jp
TOPページの「アンケート」からお入りください。

BBN
B●BOY
NOVELS

銀嶺のヴォールク

2021年8月20日 第1刷発行

著　者――北ミチノ

発行者――太田歳子
発行所――株式会社リブレ
〒162-0825
東京都新宿区神楽坂6-46ローベル神楽坂ビル
営業 電話03(3235)7405 FAX 03(3235)0342
編集 電話03(3235)0317
印刷所――株式会社光邦

定価はカバーに明記してあります。
乱丁・落丁本はおとりかえいたします。

この書籍の用紙は全て日本製紙株式会社の製品を使用しております。

Printed in Japan
ISBN978-4-7997-5374-3